by Sophia

Sophia作品集09

Ambiguous Love

「我」，還是「我們」？

001 突如其來或者、遲來的答覆

男人站在我的面前，一臉深沉讓人讀不出眼底的情緒。

「……有什麼事嗎？」

略顯軟糯的嗓音尾巴還飄散在半空中，彷彿像喪失耐心一樣，連讓聲音安穩落地的時間都不願多給，他的唇輕輕抿著，像是從沒打算回應我的疑問。只是他如此的姿態卻讓懸宕的疑問愈加膨脹。

「那個……」

他突然往前踩了一步，以動作截斷我的話語，他伸手扯住我的手腕，渾身散發著濃重的壓迫感，還來不及反應我整個人就這樣被他箝制在雙手之間，冷硬的牆壁抵著我的後背，不容忽視的冰涼從後頭傳來，然而這更加突顯了我面前這個男人眼眸裡頭的幽深。

而我的不安從以那份幽深作為起點逐漸在我體內蔓延。

我的雙手不由自主的施力，試圖拉開兩個人之間不合理的距離，然而我的抵抗卻彷彿徒勞無功，絲毫阻卻不了他的逼近，反而讓屬於他的熱燙自掌心蠻橫的熨貼上我的掌心，滲透進我的意識。

他究竟想做些什麼？

「你到底——」

也許，不讓人把話說完是他的習慣。

他猛然壓低身體，連零點 秒的遲疑都沒有留給我，熱燙的唇就那樣貼靠在我顯得過於冰涼的雙唇，慢了好幾步才弄清楚現狀的我終於想起必須反抗他，但無論我怎麼用力都推不開這個無理的傢伙。

直到他主動鬆手。

我萬分驚恐的往後跳了一大步，摀住自己的唇不敢置信的瞪視著面無表情的他，支支吾吾了半天卻還是發不出有意義的詞彙，儘管不想承認，但比起他莫名其妙的強吻，這一瞬間他的面無表情才更加激起我的怒火。

「你到底想做什麼？」

他輕輕挑起眉，明明是十分戲謔的動作卻不透著戲謔的意味，反倒像是以動作表達「我聽見妳說的話了」，接著他又往前踩了一步，再度將我逼到末路。

只是這一次他什麼也沒做。

淡漠卻不冷酷的聲音從他唇畔悠悠的滑出：

「我是來給妳答案的。」

01 嘿、我說，你能借我一個吻嗎？

在答案之前是提問。

然而所有的提問都有先備的情境條件。

瞪大雙眼我緊緊盯望著眼前的男人，下意識想往後退卻只是將自己更往冷硬的牆上擠壓，我放下摀住唇的手，胸口湧上各式各樣複雜的情緒，彷彿是遲遲調不出理想顏色的調色盤，不死心的添上其他顏料，東加西加之後結果卻成了一灘泥濘。

好吧。

既然他這麼說我也反駁不了。

所以說，人的任何言語或者行動都必須付出相應的代價，或遲或早，那總是會來的。

——你可以、親我臉頰一下嗎？

三天前我確實這麼問過他。

「我、我說的明明是臉、臉頰！」

「是嗎？」他無所謂的聳了聳肩，「那大概是我記錯了，臉頰是吧……」

「不要過來，現在不用了。」

他唇邊勾起意味不明的弧度，抬起手輕輕揉亂我的瀏海，這動作不免讓我愣住，畢竟和他認識以來，稱得上最親暱的距離大概也就只有某一次我遞給他面紙而彼此的指尖不輕意輕輕碰觸的程度。

為什麼記得那樣清晰？

可能只是因為兩個人的指尖溫度差過於懸殊，那份詫異便悄悄落在記憶的某處吧。

但現在不是悠哉找尋記憶片段的時候。

「當時你拒絕我了，隔了三天突然跑到我面前，不管從哪個角度想都不對吧。」

他沉吟了幾秒鐘。

狀似贊同的點了兩下頭，用著一種明明很敷衍的姿態卻絲毫沒有顯現敷衍意味的姿態，注視著這樣的他，站立在我面前的他與我印象中的他緩慢產生一種逐漸錯開的暈染，但我想，與他甚至說不上有交情的我，存放在我腦中的模樣大抵都是一種想像。

「但是——」

他頓了一下。我判斷不出來他究竟是在吊我胃口或者單純只是在找尋一個適切的詞彙。

總之他又再度聳肩。

「並不是所有最適合的時間點都放在那當下。」

我不明白。

但他似乎也沒有打算要讓我完全明白。

「我走了。」

什麼？

他就這樣突如其來的現身，莫名其妙的強吻我，接著居然揮揮衣袖連雲彩也一併揮走，乾脆俐落的旋身跨步遠離？

「欸，你就這樣走了？」

往前走了兩步的他頓下腳步，稍微側過身望向我，表情中寫著滿滿的「不然呢？」，我不可置信的瞪著他，甚至連一句完整的話都拋不出來。

我當然不會期望從他口中得出任何透著旖旎的答案，但好歹、好歹那也是一個吻吧！

「你……」

然而大概是氣氛太過荒誕反而讓人不知所措，好不容易發出個音來卻也沒了接續，只能咬著唇定定的瞪視著他，無論是怒斥他的輕薄或是故作大氣的說自己不在意，甚至先發制人轉身斷然離開，明明有好幾個選項盤旋在腦中，卻擠不出抓下選項的力氣。

「等妳想到要說什麼之後再打電話給我。」用不嘲諷的口吻扔下這句嘲諷值爆表的話之後他這次真的是頭也不回的揚長而去，留下呆愣愣的我杵在原地，目送著他漸行漸遠的背影。

爾後消卻無蹤。

我這才後知後覺的撫上唇畔，屬於他的熱燙彷彿一種烙印，深深的、滲入那柔軟的最深處。

□

究竟我為什麼會陷入如此荒謬的境況？

追根究柢，一切都是從三天前的那場聚會開始。

大學時參加的社團約莫每半年就有人會吆喝要聚餐，我和社團的人感情不錯，每次聚餐我通常都不會缺席，和過去玩鬧的朋友肆無忌憚的談笑，也多少能認識一些年輕的學弟妹，偶爾也會有幾個「意外出席」的人，他就是那天的意外。

而且是分外惹人注目的意外。

認真說起來，當時在社團時他就屬於會不由自主吸引人注意的類型，高帥纖瘦有品味，聰明又有才華，運動神經也很好，連家境都聽說不錯，簡直就像是把所有好的成分都倒在他的身上，儘管為人冷淡了點，不過這份距離感卻正好加深了眾人的想像與憧憬。

於是他很自然的踩上了話題的中心。

「他怎麼會來？」

「聽說剛從英國回來。」

「為什麼才隔幾個座位，我們和他的世界卻完全不一樣呢？」

「妳也是可以跳過去他的世界啊。」

「算了吧，那也要他願意接住我啊。」小雅塗著湖水藍顏色的食指輕輕敲著臉頰，「當初不是有好幾個人試過了嗎？還不是都沒下文。」

「不過，我是聽說過一些……傳聞。」

「傳聞？」

自動聚集成小圈圈的幾個人都把注意力集中到蓄意停頓的湘婕身上，畢竟她確實是公認的情報收集者，簡單來說就是無人能敵的八卦，此刻她卻瞇起圓潤的大眼睛曖昧的朝我看來。

為什麼看向我？

方才的話題我明明一個字都沒有參與。

不過湘婕的視線太過直接，連帶使得其他人的目光也一併轉向我，總有種不妙的預感，我不經意別開眼，卻恰巧對上他深沉的黑眸。

彼此的對視連零點一秒都搆不上，飄忽的讓我以為那是種錯覺。

「筱恩，妳真的什麼都不知道嗎？」

「我要知道什麼？」

「機會就是這樣被錯失掉的。」湘婕一臉恨鐵不成鋼的表情，壓低了音量，讓震撼的話語小心的被擺上圈圈的中央，「聽說，他那時候喜歡筱恩。」

他。

孟喬安。

但堆疊而起的氣氛像鼓脹的氣球瞬間被刺破一樣，湘婕的故作神秘沒有一個人買帳，小雅甚至大剌剌的翻了個白眼。

這反應不對。

就算連我本人都不信，但得到這種反應也太傷人自尊了。

「現在是看不起我的意思嗎？」

我得到的答案居然是毫無猶疑的點頭。

小雅甚至安慰的摸摸我的頭，有些哀傷的嘆了口氣，「人要看清現實才好。」

真是鬱悶。

儘管我對他沒有多餘的想像，也確實認為兩個人之間的距離不是普通的遠，不是那種會讓人產生「好像只要助跑後奮力抬起腳就能騰越」的距離，而是一眼望去就能拍板定案「這連試都不用試」的長度，只是人總有那麼一股無法解釋的蠢勁，會在特別不恰當的時刻冒出頭來。

例如現在。

「我也是有人追的好嗎？」

「是啦。」小雅敷衍的點頭，有沒有人追並不是重點，重點是孟喬安和那些「有人」是不同層次的存在，但她旋即抿起不懷好意的笑容，「不然，我們來打個賭。」

「打什麼賭？」

「妳過去讓他親妳臉頰，成功的話我就請妳喝一個月的咖啡。」

「這……」

「就算他對妳沒興趣說不定也會答應啊。」察覺有趣的湘婕也湊近我的身邊，捏捏我的臉頰，「我們家筱恩這麼可愛，平白無故讓他親一下，沒理由拒絕吧。」

「萬一、萬一他拒絕呢？」

「今天我就替妳買單。」小雅拍拍我的肩膀，「不管成不成功妳都沒損失啊。」

好像沒錯，但怎麼聽起來就這麼充滿陰謀感呢？

只是方才湧上的蠢勁還在我的體內醞釀，即使明白這群損友百分之一千在算計我，我卻還是勇敢的站起身了。

把孟喬安當作哈士奇就好了吧。

難怪我哥總是說我好騙。

於是乎我就筆直的走到他的面前。

「那個，你可以跟我出來一下嗎？」

「嗯。」

居然什麼都沒問就跟我走出餐廳，說不定、說不定……

他站在我的面前，我必須仰起頭才能看清他的臉，他沒有拋出疑問，安安靜靜的等著我開口。

不遠處躲著湊熱鬧的一群人。

「你……」

我深深呼吸，他絲毫沒有催促我的意思，在這空檔我居然還有心思回想過去，我和他交談的次數寥寥可數，他也沒對我展現不同他人的舉動，他喜歡過我的這種據說，怎麼想都是一種捏造。

想到這裡我反而鬆了一口氣。

假使他真的喜歡過我，無論如何我都不應該利用這一點，如果能在他的表情裡抓握到些許線索，我想我會立刻假裝沒事隨便聊聊天氣，但我仔細辨認著他眼底的起伏，那之中沒有足以引發任何臆測的波動，這樣，我反倒能愉快的開玩笑。

得到一個王子的吻怎麼想我都不吃虧。

我扯開甜甜的笑。

心情比前一刻輕鬆了幾百倍，語氣也歡快不少，甚至還有餘裕朝後頭的人使眼色。

接著我的食指敲了敲右邊臉頰。

「你可以、親我臉頰一下嗎？」

「為什麼？」

「小雅說成功的話她會請我喝一個月的咖啡。」

他理解一般的點了頭。

孟喬安稍稍傾下身，不知為何我的心跳有加快的趨勢，連雙眼都不由自主的瞇起，正當我屏息等著他更靠近之際他卻停住了。

隔得那樣近。

溫熱的呼吸隱約撲打在我的鼻尖，映現在他雙眼的是我的倒影，然而距離太近反而顯得模糊，我垂放在身側的手不自覺抓緊外套下襬，時間彷彿停滯一般流動得極其緩慢，有那麼一瞬間，不安悄悄落在心尖，我害怕那據說有萬分之一的可能。

那麼，我的戲謔是不是殘忍的踩上他柔軟而隱晦的秘密？

「我想還是不……」

然而他並沒有讓我把話說完。

他用著略顯低啞的嗓音。輕緩的讓言語撫過我的臉頰。

柔軟卻，決然。

「我不要。」

什麼？

他剛剛說的是「不要」嗎？

方才的不安碎落一地，如此斷然的拒絕不要說是曾經喜歡，簡直像他體內連一絲絲對我的好感度都沒有存放。

不由自主的扯住他的衣袖，以如此悄悄話的距離後方那群人是聽不見的，我癟起嘴可憐兮兮的望著他，「拜託，我會被嘲笑三年的……」

「真可憐。」

「對吧……」

「只是，」他輕輕勾起嘴角，「妳會習慣的。」

「不然……你稍微露出一點為難的表情，再稍微流露一點猶豫的意思，反正結果都是拒絕嘛……」

他笑了。

無害到讓我相信他會很有情義的提供如此微不足道的幫助。

但我忘了，我和眼前這個男人之間，根本沒有稱得上情義的基礎友情量。

「既然結果一樣，又何必拐那麼大的一個彎？」

「拜託……」

「我不要。」

「孟喬安——」

然而他沒有任何猶疑，瀟灑的拉開彼此的距離，俐落的轉身離去。姿態美好到非常刺眼。

□

果不其然我成為群組中最炙熱的話題。

炙熱到我整個人都快要被烤焦，我的小眼神哀怨到讓本應該最積極火上澆油的小雅和湘婕愧疚到拚命拿著冰咖啡試圖澆熄我身上的火花，往好處想，我還是賺到了幾杯飲料。

看著她們想盡辦法東扯西扯，就是為了避免讓話題碰觸到任何關於那天的片段，差一點我就忍不住脫口說出「孟喬安那傢伙突然打電話說人在我樓下，見了面又莫名其妙的強吻我，最後連句話也沒有就甩手離開」，不過我反覆猶豫之後還是勉強忍了下來。

沒道理讓我自己提著油往身上澆加劇蔓延的火勢。

稍微沉澱過後，我托著下巴不禁蹙起眉頭，孟喬安怎麼會有我的電話號碼？但想想這也不是難事，隨便抓個社團朋友或者當初的通訊錄也都有聯絡資料，我輕輕點頭，又喝了口變得有點水的臻果拿鐵，吞嚥而下的瞬間，另一個問號卻又竄了出來。

他怎麼會知道我的工作地點？

不過我很快就又放掉這個疑問，畢竟這也不是多私密的個人訊息，即使是十幾年不見的小學同學說不定只要點點滑鼠就能查出對方的近況，就像湘婕心血來潮時就會去瀏覽前男友的FB，繞來繞去，其實還是回到原點——

孟喬安究竟想做什麼？

就算列出一百個選項也找不出合理的解釋。

更何況我根本連五個都列不出來。

我的手有一搭沒一搭的攪拌著飲料，冰塊碰撞玻璃杯壁的響音輕輕敲擊著我的意識邊緣，我醞釀了一陣子才以若無其事的平淡口吻「順口」拋出話題。

「欸、如果有個不是很熟的人突然強吻妳，妳覺得會是什麼狀況啊？」

「這是什麼奇怪的問題？」

「就隨便問問啦。」我低下頭專注的攪拌著飲料，又問了一次，「我只是突然想像到這種情境啦……」

小雅危險的瞇起眼。

我以為她察覺了某些破綻，「算了，不要理我，沒事，隨便說說而已。」

「張筱恩妳這樣很危險耶。」

「為、為什麼？」

小雅湊近我的面前，擔憂的搖了搖頭。

「據說腦袋裡裝太多幻想的人以後孤獨到老的機率超級高，妳該不會因為孟喬安而決定放棄現實轉向不會受傷的幻想世界了吧……」

湘婕更誇張的抱住我。

「對不起，我真的不知道妳會受那麼大的打擊，去聯誼吧，我們去聯誼吧。」

「我覺得妳們的症狀比較嚴重。」從湘婕的懷抱裡掙脫出來我嘖了聲，想得到一點建設性的答案大概是不可能了，「算了。」

「唉啊，」小雅推了推我的肩膀，整張臉寫滿戲謔。「不過說到強吻嘛……」

「嗯？」

「要嘛就是喜歡對方。」

喜歡？

不、絕對不可能，以這種方式來展現喜歡，地球很快就會被他的「愛」給毀滅了。

「要嘛就是想欺負對方。」

欺負？

確實有可能，但我也考慮過這點，他的強吻說不定是聚餐時惡作劇的報復，不過仔細想想他哪來的理由談報復，而且當下他的拒絕已經在眾目睽睽下替我寫了黑歷史，要說報復也是我去報復他吧，何況目擊者只有我和他的「強吻現場」老實說根本沒有報復的力道。

「不過還有第三種可能——」

「什麼？」

「單純是變態吧。」

呃？

但是——

怎麼聽起來那麼有道理！

我甩了甩頭，不對，這不是正確的感想。

重重吐了口氣，算了，不需要糾結的事情就不要去糾結了，儘管我也沒能那樣豁達坦然，但也不是鑽牛角尖的類型，既然現下我被推到話題中心，而這件事也已經註定成為我抹滅不去的黑歷史，但畢竟還是無傷大雅的調侃，臉皮厚一點也就那樣了。

反正，缺乏新進度的話題很快就會被擱置。

「我差不多要回去了，新產品的計劃書還沒改完。光榮的第五版本。」

「責任制真殘暴。」

「既然知道我飽受摧殘就不要繼續折磨我。」

「我們家筱恩一向很堅強的。」湘婕很沒良心的擺了擺手，「快回去面對現實吧。聽說有個姓孫的革命十一次才成功……」

「不要詛咒我！」站起身我慢慢套上外套，「我怎麼會跟妳們兩個變成好朋友？什麼平坦的路都能被妳們弄得超級波折。」

眼前的兩個人居然露出自豪的表情。

這才不是稱讚！

「友情跟愛情一樣，都是一種不可抗拒的命運。」小雅嫵媚的拋了個飛吻，「越是波折就越讓人難以抽身。」

波折。

但我盼望的卻是平靜安穩的生活。

「唉……」

踩著夕陽我緩步往前走，偶爾停下腳步端詳身後被拖曳得長長的影子，像甩帶不開的秘密，卻也像不離不棄的陪伴，這世間的事物沒有一件是平面的，有些時候不過只是稍微偏了頭，顯現在眼前的就是截然不同的光景。

路途也是。

迎著夕陽而行的直線，不過是旋身踩了一步，就讓身體轉進了光影之間，眼前的光景也——

我的移動突然頓住。

方才被橘黃色落日觸動所衍生的感想瞬間散落一地，文藝感什麼的，簡直像被用力踩碎一樣，我的耳畔甚至隱約聽見碎裂的細微聲響。

不過我想那更有可能是眼前那人朝我走來而踩上落葉的聲音。

眼不見為淨。

我想我和他之間也不是需要愉快打招呼的關係。

斂下眼我以略顯僵硬的步伐繼續我的移動，在成熟的關係裡頭，不聞不見也是一種必須，然而當我自他身側走過，手臂若有似無的刷過他的牛仔襯衫，他突然扯住我的手腕，猛然施力迫使我以一種曖昧的姿態面對他。

「不是看見我了嗎？」

「我以為是幻覺。」

「所以妳在其他時候也會產生看見我的幻覺嗎？」

「放開我。」

他意外乾脆的鬆開手，我往旁跳了一步，沉默伴隨著橘黃色的光芒籠罩而下，比起煩躁或者尷尬，此刻瀰漫在我胸口的更多是納悶。

攔下我做什麼？

幾分鐘之後我就無奈的發現，要和他比耐性我絕對沒有勝算。

「借過，我要回家。」

「我陪妳回去。」

這是什麼奇異的展開？

覷了他一眼，儘管還是沒什麼表情但他的唇似乎抿得有些緊，不對，就算他嬌羞的咬著唇也跟我沒有任何關係。

「不用了，我可以自己回去。」

他安靜的垂眼。

在我再度移動之前，緩慢的將言語遞送到我面前。

用一種非常溫柔的姿態。

「我手上、有那天我們接吻的照片。」

02 被妳遺忘的事，就讓我牢牢記住吧

我是不是掉入了什麼可怕的圈套？

抬眼偷覷一眼身旁男人精緻的側臉，他目不斜視的注視著前方，也毫無打破沉默的意思，彷彿他全然不握有任何意圖，單純只是想陪我往回走。

——我手上有那天我們接吻的照片。

然而這句染著鮮明惡意威脅確實是從他嘴裡說出來的話。

我不明白。

越思索越像踏進煙霧瀰漫的密林。

「照片給我。」

「為什麼？」

「你留著那種照片想做什麼？」我跨了一步旋身擋在他面前，瞇起眼狐疑的盯著他瞧，目光滑過他紅潤的唇時不知為何我感到有些心虛，「該不會是誆我吧？以那天的狀況，你哪有空檔可以拍照。」

「看來妳記得很清楚。」

我決定無視他話裡的惡意。

冷哼了聲。

「我不知道你究竟有什麼意圖，但也別想這麼輕易的唬弄我——」

「一開始我就在附近架好手機全程錄影了。」

我的身體突然僵住。

他帶點無所謂的聳了聳肩，方才緊抿的唇此刻彷彿被我娛樂一般輕輕揚起，在如此糟糕的時刻，佔據我的思緒的居然不是「該怎麼讓他刪掉影片」，卻是他笑起來真好看。

我想起來了。

那時候他也這麼對我笑過。

確切的理由我忘了，總之我似乎急著趕去哪個地方，而我的身體大概跟不上我內心的急迫，跑著跑著居然就在毫無阻礙的走廊跌了一跤，當我抬起頭時一雙白色帆布鞋就這麼踩進我的視野，停在我面前。

然後，出現的是白色帆布鞋主人的手，非常漂亮的一隻手。

我愣愣的搭住，屬於另一個人的體溫在我還不能反應過來之前就竄進我的掌心，他拉著我站起身，但嘴邊卻啣著笑。

——痛嗎？

——嗯。

——急著去哪裡嗎？

當時我回答他什麼了？

蹙起眉我反覆翻找記憶卻遍尋不著，卻能清晰想起他聽見我的回答之後笑容就斂下了，再次歸位回起先屬於他淡漠的印象之中。妥妥切切的安放著。

「你……」

「怎麼？」

「我總要看到照片或者影片才能確定你說的是真的。」我暗自深呼吸，揮散來自久遠的記憶，「給我。」

「我說我手裡有，信或者不信是妳的選擇。」

「退一萬步來說吧，就算有，那又怎麼樣？又不是什麼見不得人的東西。」

「嗯。」他居然給了我一個贊同的表情，「所以我不覺得能用來做些什麼，不過，多少還是能讓妳有某種程度的配合。」

「什麼？」

「不過就算是最低等級的內容物，會被視為把柄的東西，就有利用價值。」

利用價值？

特地跑來強吻我然後還以此作為要脅，這不要臉的程度也太過分了。

大概我的氣憤毫不保留的寫在臉上，他突然伸出手，帶著幾不可察的討好，輕輕揉著我的腦袋。

「我沒想過要對妳做些什麼。」

「既然如此，你又為什麼——」

「我沒有朋友。」

什麼？

這又是什麼展開？

以霸道惡劣的形象強悍的登場，接著居然畫風一轉變成孤獨飄零的寂寞少年，我不懂，真的不懂眼前的男人究竟把自己擺進什麼樣的設定裡頭？

現在我又該給什麼反應？

簡直就像臨時在路邊被抓住扔進現場直播的康納秀現場，而主持人還若無其事的將話頭拋往我的身上，全場觀眾甚至全國觀眾就等著我接話——

「我肚子餓了。」

天啊。

根本是足以被列進黑歷史的糟糕回答。

□

坐在便利商店窗邊的座位，我有一搭沒一搭的咬著吸管，冰塊碰撞的聲音輕輕敲擊著我的意識，這是我今天攝取的第三杯咖啡。

大不了整晚不要睡一口氣熬完計劃書。

但罪魁禍首卻毫無所覺的以一種歲月靜好的恬淡表情慢慢撕開杯子蛋糕的包裝袋，接著推到我的面前，沒辦法，肚子餓是我找的藉口，杯子蛋糕也是我選的，硬塞也得吃下一兩個。

只是他卻壓住了我探向杯子蛋糕的手。

「我知道妳不餓。」

「誰說的，我……」

「妳不擅長說謊。」

好吧。

既然他這麼一針見血我也沒辦法反駁。

從小我的過於坦率就是最大的優點也是最大的缺點，即使只是撒個小謊眼神也會飄忽不定，但我一直安慰自己，性格正直是件好事；雖然遇上戀愛問題總是會成為被拿捏的那一方，只是我寧可相信湘婕對我說的話：真正的戀愛裡頭不會有誰拿捏誰的問題。

思緒似乎飄得太遠了。

「那你為什麼還要把蛋糕打開？」

「就算妳不擅長說謊，但我還是願意把妳的話當真。」

「既然如此——」

「妳可以把我耍得團團轉，就算突然說沒胃口，或者又想吃別的東西，這些我都能當作真的，只是，」他輕緩的垂下眼，長長的睫毛下漾開一道陰影，「我不想在妳臉上看見勉強的表情。」

他說。

像深夜裡的囈語。

「我會忍不住去思考，妳的勉強說不定不是因為眼前的蛋糕，而是因為待在我身邊。」

——我沒有朋友。

剛剛他確實是這麼說了。

嘆了一口氣。這句話的殺傷力遠遠超出我的想像。

往好處想，在他眼裡說不定我是一個能夠來往甚至依靠的對象，即使不明白他所倚仗的根據何在，但終歸不是件壞事。

「聽說你剛從英國回來？」

「嗯。」

「英國有趣嗎？」

「還好。」他想了一下，「一直下雨。我不喜歡下雨。」

「台北也老是下雨啊。」

「所以我一直很不喜歡台北。」不喜歡。但說到這三個字的時候他輕輕扯了唇角，「但是後來我發現，在一個讓人沒辦法喜歡的城市裡頭，也有著讓人喜歡的存在。」

「例如什麼？」

「妳。」

孟喬安剛剛說了什麼？

愣了一小會兒我才抬起眼，卻愕然發現坐在隔壁的他不知何時竟靠得那樣近，試著伸出手抵住他的胸膛卻徒勞無功，我的意識有一瞬間的空白，而那份空白被屬於孟喬安的熱燙緊密的覆蓋。

他的唇蠻橫的貼上我的。又。

然而這一切以我措手不及的方式發生，也以讓我措手不及的方式結束。

喀的一聲——

在他撤身之後我無暇探問、也來不及體會混雜在體內的複雜情緒，順著聲音的來源，我扭了脖子朝左邊看去，接著又是另一聲，喀，他又按了一次快門。

「這次，是真的有照片了。」

「你說什麼……？」

幾分鐘之前還漂浮在我腦袋裡「對這傢伙好一點也沒關係」的念頭簡直是一種莫大的諷刺。

這傢伙！沒朋友完全是你自找的吧！

「以那天的狀況，要拍到照片不是很容易。」

「你這傢伙——」

用這種坦然的口吻對我說出這麼殘暴的感想真的好嗎？

況且，就算我心底多少有一點「被這傢伙吻好像也不吃虧」的糟糕心態，但也不代表他能隨心所欲的把唇湊過來啊！

必須強烈表達我的抗議才行。

再度摀著唇我控訴般的瞪大雙眼，還在桌下踹了他一腳，沒想到他居然露出愉快的笑容，八成在其他人眼裡，被擺在同一個畫面框裡頭的我和孟喬安根本就是那種在大庭廣眾下自顧自調情的討人厭情侶。

看吧，坐在角落的那對高中女生一點也不掩飾的盯著這邊瞧，還不時低下頭來咯咯笑，我只能偏過身鴕鳥心態的告訴自己「她們看不見我的臉、她們絕對看不見我的臉」，但這麼一來我就只能更「深情」的和孟喬安對望。

好吧，至少這裡沒人認識我——

不、不會吧？

我的雙眼瞪得比剛剛還大，簡直抱持著一種要超越自我極限的偉大目標，摀在唇上的手掩得更緊，甚至還湧生一股「乾脆躲進孟喬安懷裡算了」自我毀滅般的念頭。

但我的反應總是慢上那麼一點。

「張筱恩？」

「妳認錯人了。」

「是喔。」對方完全無視我的抵抗，臉上掛著興味盎然的表情，自顧自的拉開椅子湊了過來，「你好，我是筱恩的同事。」

「妳好。」

「真巧呢，沒想到只是心血來潮想買罐啤酒就碰上這麼精采的一幕。」

我沒聽見我什麼都沒聽見。

但另外兩個人壓根兒不在乎我的狀態，居然還寒暄客套了起來。

「要吃蛋糕嗎？」

「我對甜食沒辦法，不過比起這個……，啊，忘了說，我是筱恩的同事，請問你是……？」

「就是妳剛剛看見的那種關係。」

什麼關係？

接吻的關係嗎？

在一般人交往相處的分類裡有這一個標籤嗎？

「原來是這樣啊。」

「嗯。」

蔡怡真妳究竟在展現什麼虛幻的理解？

孟喬安你又在附和什麼勁？

還是說這世界在我沒有察覺的某個瞬間偷偷增加了「接吻的關係」這個欄目？

不，張筱恩妳要堅定，問題出在這兩個人身上，妳只是非常不湊巧的和他們同時被框在一起，但世界仍舊正常運轉，只要離開這個奇幻的場域一切都能回歸正軌的。

「那麼，除了我剛剛看到的，還有其他我還沒看到的關係嗎？」

「其他的啊——」

「沒有。」打斷了他們和諧到令人毛骨悚然的對話，對於無法控制的場面最好的處理方法就是阻斷延續的所有可能性，「我們該走了。」

抓住孟喬安的手刷的一聲站起身，連一秒鐘都沒有停留就拉著他往外走，為了避免怡真不死心的追上，我加快速度全力往前走，直到過了兩個路口我才放緩腳步，這時候我終於想起來自己的手還緊緊握住他的手腕。

鬆手之際才發現孟喬安的手腕都被我勒紅了。

「對、對不起……」

「不會痛。」

「可是……」

「張筱恩。」

「怎、怎麼了？」

「妳沒有男朋友吧。」

果然我完全掌握不住孟喬安的思考脈絡。

我絕對沒有產生「這傢伙該不會又突然湊上來吻我吧」的揣想。絕對沒有。

「這時候才想到要確認嗎？」

他聳了聳肩。

彷彿一種蓄意，他抬起手有意無意的撫著發紅的手腕，在冷白的路燈光線底下，那抹紅其實並不特別清晰，然而卻讓人不得不在意。

有一類人，不需要太深刻的烙印就能讓人抹不去那道痕跡。

「不是。」他鬆開手，讓右手垂落在身側，卻輕巧的轉了話題，「妳的住處往這邊嗎？」

「嗯。」

「走吧。」

孟喬安用著非常自然的口吻這麼對我說，走吧，流暢到我幾乎以為他會牽住我的手，我輕輕搖頭甩開如此沒來由的念頭，偏頭瞥向身旁的男人，他又突然安靜了下來。

和怡真侃侃而談的那個人彷彿不是他，角色扮演，我突然想起這個詞。出社會之後我的直率或者不懂迂迴成為硬傷，既不懂得討好，也不願意附和那些明知是不合理的提議，然後一次又一次的受傷，一次又一次的陷入低谷，最後甚至不知道自己該質疑的究竟是自己或是這個世界。

當作角色扮演就好。哥這麼對我說。

「欸，孟喬安。」

「怎麼了？」

「那天，讓你不開心了嗎？社團聚餐那天。」

「妳是說讓我親妳？」

「嗯。」垂下眼我的視線落在灰黑粗糙的柏油路面，細碎的小石頭安靜的平躺在細微的凹陷裡頭，「在那當下因為大家都在起鬨，所以我也只當作是有趣的玩鬧，但之後回想起來，多少覺得好像不是那麼恰當，畢竟，不是每個玩笑都能讓所有人覺得有趣……」

「我沒有不開心。」

「真的？」

「不過我也說不上那時候是什麼心情。」

「那你，特地跑來我公司找我，又……」我頓了一下，未竟的話依舊吞嚥而下，想了想還是不打算抬頭看他，「是為什麼？」

孟喬安止住了移動。

已經往前踩了一步的我沒辦法背對著他，只好旋過身並且抬起頭來迎上他的雙眼，在夜色之下的一切總是顯得過於朦朧不清。

「妳還記得畢業前說過的話嗎？」

「畢業前……？」

我對他說了什麼嗎？

他沒有等待我的回想，再度往前踏去，與我錯身的瞬間衣袖輕輕擦過我的。

「我說了什麼嗎？」

「欸、話不要說一半，不然給一點提示也好啊。」

「五年前我答應過什麼事嗎？」

「孟喬安——」

無論我如何追問，直到抵達我的住處門口，孟喬安始終沒有給我答案。

卻說了晚安。

□

「我到底說了什麼……」

難道我在五年前就埋下時空膠囊，而內容物是一顆炸彈嗎？

煩躁的耙亂瀏海，我花了整整兩天從腦海中搜尋線索，幾乎把所有關於孟喬安的記憶都來回翻過一百遍，然而得到的結果仍舊一成不變：在我對於他少得可憐的記憶裡頭，沒有任何一句話有足夠的份量能讓他惦記五年。

五年。

並不是一段短暫的時間。

過去這五年大抵是我所經歷的人生裡頭變動最劇烈的一段時光。

直率或者不擅長掩飾一直是我的性格當中最討喜也最惹人厭的部分，縱使因此遭遇了某些不愉快我也不怎麼在意，人沒有辦法讓自己符合所有他人的期待，我所懷抱的心態偶爾會被稱為豁達，另外的偶爾卻是被當作任性。

然而我還是太過單純了一點。

能夠理直氣壯的以自己舒適的方式生活下去，主因並不是我個人的堅強，更多的是來自於周旁人的寬容與保護，我所生活的環境非常簡單，家庭，學校，社團，偶爾還有和諧的工讀場域；即使是不喜歡我、甚或討厭我的人，所拋擲的惡意也不那樣濃烈，就算難受也還在能被承接並且消化的範疇之中，大概，如此順遂成長的我，始終沒有做好面對真正現實的預備。

現實並不是像一塊巨大隕石迎頭砸來，更像一場流星雨，遠遠看著那繁星點點是極為美麗的顏色，一旦靠近卻愕然發覺每一顆絢麗的流星都是熊熊燃燒的火球，而我們所能做的就只有不停歇的選擇。

嘿、你有勇氣撲上哪一顆熱燙的流星嗎？

我以為我有。

但當自己越來越靠近以後卻察覺自己根本難以承受，不想跟著殞落也只能鬆手躲開，接著就是一次一次的閃避；逃躲上一段長長的時間，有了一點餘力之後，才能稍微冷靜的判斷現狀。

千萬顆燦爛的流星也有千萬種模樣。

顏色，或者火光，大抵還是有溫度高低的差異。

也許我能用上一輩子穿梭在縫隙之間，躲避迎面而來的炙熱，但我不想讓自己成為隱沒在黑暗之中沒有臉龐的影子。我開始找尋我所能負荷的重量。

於是我跌跌撞撞換了兩份工作，好不容易才找到適合自己的平衡點，但我多少明白，當一個人學會妥協之後，一方面是融入了社會，另一方面卻是失去了某些個人。

但還能怎麼樣呢？

我把識別證刷過感應器，往前走了幾步加入等候電梯的隊伍，無論是職員或者組長、主任在這裡都是一樣的，當然，某些人的腳往上跨了幾階之後，就不會再被歸類進隊伍裡頭了。

例如箭步往高階主管專用電梯走去的業務經理。

據說，公司是他們家的。

那麼電梯理所當然也是他的。

不過業務經理屬於比較體恤員工的那一派，他會帶走幾個隊伍前端的人一起往上，五個、或者六個，有一段時期怡真非常熱衷於計算他上班的時間以及被「召喚」的機率，只是從來沒有一次達成心願。

「還可以再進來一個。」

聽見前方陌生男職員的叫喚，我第一時間卻是回頭望了不遠處怡真的臉，往前走進這台我從沒搭過的電梯，除了不必像沙丁魚一樣非得擠成一團挑戰超重鈴外，其實沒有任何不同。

只是所謂的差異，大多時候是在肉眼之外的。

雖然平時電梯裡的氣氛也很悶窒，但那大多是因為擠壓，而此刻的厚重感卻遠遠超出平常。

真不知道該說是運氣太好還是運氣太差。

一起搭乘的人通通在低樓層下了，向上移動的電梯裡頭，只剩下我和業務經理。

還剩七樓。

我不自覺又往角落縮了一點，低著頭假裝自己沒有看見電梯門上他的倒映。

還剩六樓。

真不知道怡真究竟在期待些什麼，難道要在這種時刻替自己刷存在感嗎？例如撩撩頭髮展現風情，或者自然的搭話拉近距離，更俗濫一點就假裝血糖低往他胸膛踉蹌而去——不，我完全沒有那種志向，差一點我就要隨便按下按鍵逃出電梯了。

還剩五樓。

很好，再——

「張筱恩，」富有磁性的渾厚嗓音以一種淡漠從後頭拋來，我的身體瞬間僵住，「沒錯吧？」

沒錯。

但被不同部門的高階主管喊出名字，本身就是個很大的問題。

「對、對……」

「我聽喬安提過妳。」

喬安……

孟喬安？

還來不及細想十七樓就到了。

我下意識跳出電梯，但旋即想到不是個恰當的行為，轉身想要道歉，冰冷的巨大鐵門卻毫不留情的闔上。絲毫沒有彌補的餘地。

「張筱恩，」怡真從後頭重重的拍了我的肩膀，「站在這裡回味經理的帥氣嗎？」

「他剛剛……」

「剛剛發生什麼了嗎？快點誠實招來。」

「啊、我們董事長姓孟對吧？」

「是啊。」

「電梯裡的那個人也姓孟，那麼——」

「怎樣？」

在怡真豐富的表情底下我到底沒把後續的句子說完，我用力甩頭，任憑她拉著我的手往辦公室走去，腦袋卻一次又一次疊加上相同的三個字。

孟喬安。

「在電梯裡到底怎麼了啦？該不會妳在短短時間內就得罪經理了吧。」

「我沒辦法回答妳這個問題。」

「到底是什麼狀況啦！」

「我不知道。」

我只能無奈的搖晃腦袋，不要說是怡真，就連待在裡頭的我也釐不清現狀。

自從聚餐那天朝孟喬安拋出那個問號開始，我的世界彷彿隨著那個符碼一併被孟喬安扯在手上，以一種我無法掌握的軌跡向前滑行。

＃碎片

「我要去英國念書了。」

「英國會是什麼樣的地方呢？我一直很想去貝克街的說。」

「回來之後，我再告訴妳吧。」
「嗯，我會期待那一天的。」

03 下雨的時候，我總是想起妳

我沒有想過自己會主動打電話給孟喬安。

不是由於孟經理彷彿驚悚片般突然喊出我的名字，我想過了，即使有一群人非常湊巧都姓孟，又非常湊巧都認識，但我還是願意相信這一群人的公私分明，至少在我揣著不安、戰戰兢兢度過一星期後我得到了這個結論。

鬆懈後我的注意力再度繞回「畢業前我究竟對孟喬安說了什麼」。

當然之前想破了頭都翻找不出點蛛絲馬跡，事情也沒有其他後續，此刻我的心情大概更接近一種「既然有空就再想看看吧」的悠閒，只是線索卻總是在不那麼迫切之後冒了出來。

盒子裡擺著一張來自英國的明信片。

時間是四年前。

電話另一端傳來長長的響音，一聲、兩聲、三聲，像是要綿延到非常遙遠的地方去一般，幾乎讓人以為那會是自己無法抵達的遠方，途中卻突然被承接而起。

「喂？」

略顯沙啞的嗓音透著些許失真，讓我產生短暫的停頓，儘管身旁沒有任何人我卻還是不自在的低下頭。

緊盯著地板的紋路，告訴自己不要進行多餘的想像。

「我是張筱恩。」

「我知道。」他說，帶著一點惺忪，「怎麼了嗎？」

「下午有空嗎？」

「有。」

「我公司附近有一間叫做『四季』的咖啡店，兩點半可以嗎？」

「好。」

然後我切斷了電話。

手裡還握著兩張明信片。

我有一個放著紀念小物的鐵盒，裡頭擺著各種能說出一點故事的東西，例如小學三年級時第一次收到男生送的吊飾，或是國三畢業典禮和死黨交換的鈕釦，不過佔最多數的還是信件和明信片。

裡頭收藏的明明都是當初覺得非常珍貴的紀念物，但在打開盒子之前大部分的回憶都早已不再浮現，也許是人想保存的故事太多，結果卻全部堆積在倉庫中，沾上灰塵之後也沒想過去整理，就不上不下的被擺著。

真正被擺在心上的，或許打從一開始就不會收進鐵盒裡頭吧。

我有一搭沒一搭的翻看著明信片，旅遊時自己寄回來的倒是都貼在房間牆壁作為裝飾，朋友捎來的感動或許始終隔了一層膜，義大利、日本、馬來西亞或者土耳其，就算收到也不會身歷其境，以前倒是會湧生「哪天我也要去這裡」的熱情，但現在更多的感想大概只有「有假能放真好」。

然後我看到那張蓋著倫敦郵戳的明信片。

——雨下了整整兩個星期，就想起了妳。

沒有署名，只以端正的筆跡留下兩行彷彿帶有餘韻卻又讀不出真正意涵的句子。

然而我卻肯定那是孟喬安的字。

關於某個人的記憶總是會凝聚在特定的一點，或深或淺，也許就這麼停留在點上，但偶爾會從那一點延伸成一條線、一幅平面，甚至是一個世界。

延伸。

我的目光落在黑色墨水的軌跡。

社團時期我和孟喬安沒有太多的交集，說不上幾句話，偶然碰上倒是會禮貌性的打個招呼，但每到招生期間我和他都會被分配到製作海報的工作，原因非常簡單，他的字漂亮而我的圖畫得好。

孟喬安總是安安靜靜的做著自己手邊的工作。

就算社團教室只剩下我和他兩個人，也不會浮動著躁動或者不安，竄動的只有麥克筆劃過海報的聲音，每當我想起社團活動，首先滑進思緒的總是那道說不上讓人喜歡或者討厭的聲響。

「黃色不夠顯眼。」

「但是我比較喜歡黃色怎麼辦。」

「那好吧。」

然後在社長說出同樣的建議之後，卻總是安靜的他跳出來，擺出「這版本是最好的了想改我也不會配合」的態度；但當得到誇獎的時候，他又會用淡漠的口吻說「我只是照著張筱恩的指示寫字」，把所有好處都給了我。

這些，在遇見他之後我都沒有想起來。

吐了口氣我把孟喬安寄來的明信片放到書桌上，抽出另一張塞進背包裡頭，大概記憶就是這種東西，擱在角落時彷彿隱形一般，平時連一星半點的火花都不會激起；然而只要扯出引信，再來個靜電或者摩擦，就會突然燃起熱燙的火光。

但我們不到最後總是無法明白被燃燒的究竟是些什麼。

「這時候給他會不會有點奇怪？」

「算了……先帶去再說吧。」

慢條斯理的把居家服換下，我的每個動作都沾染上細微的猶豫，咬著唇我緩慢的、長長的吸氣，推開門時一股濕潤的涼風迎面而來，讓我的心尖輕輕的顫動。

孟喬安。

關於這個人。

並不是在短短的一兩週內他就引來多麼劇烈的震盪，儘管他的出場總是如此強悍而鮮明，而是藏匿在他轉身之後的影子，拖曳得很長很長，長得足以觸碰到所謂的過去。

讓人感到不安的從來就不是孟喬安的「現在」。

而是，在我來回翻找之後，確實從中拉出了某些、也許帶有什麼的存在。

我怕我是真的忘了哪個、最重要的部分。

□

四季玻璃門上的鈴鐺叮叮噹噹的響著，我不很明白為什麼一向低調的老闆和咖啡師會掛上如此喧鬧的鈴鐺。

這份因我而起的碰撞，讓角落沙發座位裡頭的男人幽幽的抬起頭來。

孟喬安已經到了。

和服務生說完「我朋友已經到了」，我筆直朝他走去，簡練的黑色方几上只擺著一杯白開水，孟喬安將修長的腿悠閒的交疊，像是剛到，卻又彷彿等了很久。

我看不明白這個男人。

「不知道妳喝什麼所以我還沒點飲料。」

「你等很久了嗎？」

「還好。」

他抬手招來了服務生，在他點單的過程中我卻思索著他所說的「還好」。在所有的回答當中，還好，這兩個字是最難以斟酌也最無法衡量的一個詞彙。

「我記得妳不喝咖啡。」

「嗯，以前不喝。」

我的指尖染上輕輕的顫動，儘管不是藏得多深的秘密，我不喝咖啡的這件事也不會有多少人放在心上，畢竟販售咖啡的店家通常也會擺著其他品項，非得要喝我也不會擺出難看的臉；但此刻的孟喬安卻以稀鬆平常的口吻，說著，他不應該記住的細微末節。

也許，他只是記憶力比平常人好上一百倍而已。

真是薄弱的解釋。

「五年果然不是一段很短的日子。」

「大概跟時間沒有關係吧，」我垂下眼，視線落在服務生將裝滿冰塊的美式擺上方几的手，「有些事，說不定在一夕之間就完全不一樣了。」

「是這樣沒錯。」

我開始學著喝咖啡是在四年前，那是我第一次為了哪個人拚命勉強自己。

前男友是個幾乎要咖啡成癮的人，他總是花上很長的時間仔細的將咖啡豆磨成粉，拿出溫度計精準的調控溫度，最後極具耐心的緩慢畫圓，一滴一滴凝聚成一小杯的褐黑色液體。

他總是問，喜歡這次的咖啡豆嗎？

但說實話我的舌尖只能勉強分類苦味和酸味，不要說哪一次的咖啡豆，無論是單一豆或者混合豆、哥倫比亞又或者尼加拉瓜，吞嚥進我的喉頭都是一種不喜歡。

可我說不出口。

於是我開始吞嚥著各式各樣的褐黑色液體，滑入我體內的卻依然只有苦以及澀，直到現在我還是沒辦法喜歡不加糖也不加奶的咖啡，但我時不時還是會點上一杯，大概我還是想稍微明白一點，當初我那麼喜歡的人所深愛的事物吧。

但真弄明白之後呢？

我卻不讓自己去思考更多。

「但妳總喜歡加一堆冰塊，這倒是沒變。」

「孟喬安。」

「嗯？」

「關於你的事我記不得多少，」不自覺咬著唇我有些不安的望著他，但他的神情卻沒有特別的波動，「我不知道這該不該跟你說對不起。」

「要不要記得，很多時候不是人可以決定的。」他輕扯唇角，像是要安撫我一樣，「我只是記憶力比大多數人都好而已。」

猶豫了好一陣子我終於下定決心，從背包掏出一張明信片遞給他。

和他寄來的那張明信片擺在一塊的是我的回信，內容和地址都仔細的寫好了，但大概被我順手擱置就拋在腦後了，那段時期我剛和前男友進入曖昧的階段，除了前男友以外的事大多都被掃到了後頭，我還因此跟小雅冷戰了兩個月。

結果分手後抱著我哭一整個晚上的人卻也是小雅。

「畢業前我到底說了什麼我真的想不起來了，是不是跟你要了明信片結果沒回信？」我揚起討好的笑容，「你看，我都寫好了，底下的日期可以證明，我只是、只是因為種種的理由沒寄給你……」

「種種的理由？」

「過去的事就不要追究了。」

總不能坦率的對他說「唉啊我當初就忙著談戀愛嘛」，我雖然直率但也不代表缺乏心眼，孟喬安淡然的點點頭，接著就將明信片收進背包。

看著他收下，不知為何我鬆了一大口氣。

「找我出來是為了給我這個？」

「嗯。」

「我以為是因為孟祈遠。」

「孟祈遠？」我蹙起眉看著他，這個名字好像有點熟悉，孟……「孟經理嗎？」

「我不記得他的職位，但他說他有跟妳打招呼。」

打招呼？

讓我情緒緊繃一個星期就只是他這麼輕巧的一句打招呼？

「你沒提我都忘了，你知不知道他喊出我名字之後，每天我都過得戰戰兢兢的，你到底跟他說了什麼？」

「我」，還是「我們」？ Ambiguous Love

「他問我為什麼回台灣。」

「那關我……」

未竟的話語飄散在半空中，孟喬安若無其事的端起馬克杯，以優雅好看的姿態淺啜了口褐黑色液體，從他的臉上讀不出美味與否，但他又喝了一小口。

據說。孟喬安喜歡筱恩。

聚會時誰都沒當真的話題，卻在這一秒鐘被注進了重量，沉甸甸的往我心頭壓來。

這時候我該說些什麼？

嘿、聽說你以前喜歡我，是真的嗎？

而我想得到的是什麼答案。

不是。

顯得我好像自作多情，幾分鐘前才說記不太住關於他的事情，卻又拋出這種問題，從任何角度看來都很煩人。

倘若從他口中扔出「是」呢？

我又想從這個答案之中得到些什麼？

任何的答案都不是我能承接的，我別開眼，跟著喝了一口過冰的美式，濃重的苦味滑進我的體內，正當我尋思如何以新的話題岔開當前微妙的凝滯之際，首先打破沉默的是他。

「我跟他提了社團，然後就提到妳。」

順便的意思嗎？

皺起鼻子我偷偷瞪了他一眼，我不想承認方才那一連串的揣想就是明晃晃自作多情的證明，我也不想考慮「八成被看穿了」的可能，反正不要面對他愉快的表情就好。

「不要隨便破壞我工作的和諧。」

「如果給他看照片的話，說不定能促進妳工作的和諧。」孟喬安突然笑得好討厭，「要不要試看看？」

□

照片。

我都忘了。

而挑在我忘記的當下提出來，擺明就是有所要求。

看來，不是買單這種小事，離開四季時孟喬安拿起帳單帥氣的揚起嘴角，用渾厚又帶點溫柔的嗓音緩慢的說：「我來就好。」

但這絕對不能以簡單的紳士風度或者大男人主義來概括，他的笑容裡毫不掩飾的把飲料的費用也算進我的「待付款項」裡頭。

孟喬安笑起來真的非常好看。

真的。

只是他每次賣弄美色之後隨之而來就是滿滿的惡意。

不是傷人的那種，而是討人厭的惡趣味。

「為什麼帶我來你家？」

「妳說呢？」

他帶上門的動作不重，但那聲響卻在我耳畔嗡嗡作響，孟喬安突然伸手將我一扯，抵抗不了他力量的我就這樣被他壓制在鋪滿明黃色磁磚的牆上，被他圈劃在胸前狹小的空間之中。

我的心跳以不合理的速度跳動著。

「放、放開我……」

「天真這件事有時候很可愛，但有時候又有點……」他一邊笑著，一邊湊近我的面前，直到溫熱的呼吸撲打上我的鼻尖，「張筱恩，我不知道是不是該感到慶幸，妳沒變的地方比改變的地方多。」

孟喬安究竟是什麼意思？

從再見到他那一瞬間開始，浮動在我周旁的問號簡直像阿米巴原蟲般迅速的增加、堆積，一個又一個，他總是不給答案，卻又拚命引出問號。

「孟喬安……」

這樣近的距離其實什麼都難以看清，卻正因為無法從畫面當中獲取更多的訊息，於是其他感官便愈加敏銳，氣味、溫度，以及觸覺，幾乎要膨脹到某種我難以負荷的臨界。

我不由自主將雙眼緊閉，抵在他堅實胸口的手輕輕的發顫，不敢去想在這個只有我和他的空間之中兩個人究竟會導向何種結果。

孟喬安不是那種男人。

但我又能從屬於過去如此單薄的印象肯定些什麼？

「張筱恩……」

旖旎。曖昧。侵略。隨著他呼吸的熱度如浪潮般毫不留情的席捲而來，抵著牆的我無路可退卻還是不由自主施力讓身體更加往牆的方向擠壓，卻反而讓壓迫感更加強烈。

也讓孟喬安的存在急遽膨脹。

「妳在期待什麼嗎？」

「我沒……沒有……」

「真可惜。」他低聲笑了，「大概只能讓妳失望了。」

什麼？

我小心翼翼的睜開眼，身體仍舊被孟喬安困在胸前，但他拉開了距離此刻正以玩味的表情端詳著我，還以指腹戲謔的刷過我的左頰，冰冰涼涼的，我想並不是他的體溫過低，而是我整張臉簡直要燃燒起來。

他真的不對我做什麼嗎？

不、不對，不要胡思亂想，什麼期待有的沒的，我的體內一點那種成分都沒有，張筱恩妳不要被唬弄了。

「放、放開我！」

這次他終於從善如流的往後踩了一步。

接著一臉若無其事，彷彿方才什麼旖旎都是我的妄想，帥氣而瀟灑的朝客廳踏去，也不管我還呆愣愣的傻在原地。

當我終於想起來要跟上，才剛走進客廳就迎上孟喬安毫不掩飾的目光，他好整以暇的靠在牆邊，連話都不給，揚了揚下巴示意我往右邊看，而角落裡擺著一台吸塵器。

吸塵器？

畫風怎麼有點不太對——

「我平常就有打掃所以應該滿乾淨的，但偶爾還是要徹底一點。」我眨了眨眼，試圖以我有限的小腦袋盡可能理解目前的展開，「不用擔心，不會要妳跪著擦地板，吸塵器跟紙拖把都有，我會供晚餐的。」

也就是說，要我、打掃嗎？

「我為什麼要——」

「照片是要放到社團群組，還是傳給孟祈遠好呢？」

「是誰教你利用別人的把柄？」

「孟祈遠。」

「孟經理看起來正直得很。」我忿然抓著吸塵器，恰好是我每次轉到購物台都會垂涎很久的品牌，手感果然不是普通的好，如果不是在這種情境之下，說不定我還會自告奮勇來「體驗」，「不要隨便拖別人下水。」

「人總是有不同的面貌。」

又笑。

笑得那麼好看到底想做什麼壞事？

「不要笑。」我踢了悠哉靠在牆邊的孟喬安，「先把條件說清楚，我不可能一直被你奴役，幫你打掃三次，你就當著我的面把照片刪掉。」

「一張照片三次，是吧？」

他這種「確認條件」的氣氛為什麼就這麼惹人發毛呢？

再怎麼樣，我已經有所防備，總不可能讓他想得手就得手吧。

我點了兩下頭，伸手和他意思意思握了下，就當作彼此取得了共識，然後轉身忍辱負重的替他打掃房間。

速戰速決。

我一點也不想待在這個處處都讓人感到悲憤的地方。特別是玄關。

「你現在是打算監視我嗎？」

「不是。」他的聲音被吸塵器的噪音毫不留情的吞噬，他開闔的唇像是哪個人失手按了消音鍵，「我只是覺得有人在身邊的感覺很好。」

「你說什麼？」

他輕輕搖了頭，卻淺淺的笑了。

非常、非常溫柔的那種笑。

＃碎片

台北好熱，不知道多久沒聞到雨的味道了。

如果可以的話，真希望英國的水氣能分一點過來。

收到你的明信片有點意外，但我很開心。

04 我等著雨停，卻又盼望雨不要停

雨突然下得很大。

一整天都心神不寧，手邊的工作總是被雨聲一再打斷，好不容易熬到下班，卻發現自己擺在傘桶的摺疊傘被壓壞了，不管多麼用力推，都沒辦法將傘打開。

因為工作效率太差而不得不延後下班，我回頭瞄了一眼，除了幾個不熟的同事外，八點半這種時間人早就都走光了。

但我又不想淋雨。

連咬牙衝進附近路口的便利商店都不想。

站在公司門口我張望著嘩啦嘩啦傾倒而下的大雨，如此的滂沱說不定會持續到隔天，雨勢會不會轉弱跟我個人期望的強烈沒有關係，也跟我個人的猶豫或者等待沒有關係。

「沒帶傘嗎？」

「嗯？」

被突來的聲音打斷思緒，我不自覺的抬起頭望向身側的人，卻愕然發現和我搭話的居然是孟經理。

也許姓孟的都分外有耐心，反應過來之後我才點了頭，又小聲的回應：「傘壞了。」

「我送妳回去吧。」

「不、不用麻煩了。」

如果真的搭上孟經理的車，明天我百分之百會被流言蜚語碾壓，況且有些時候某些人的話是不能當真的，假使我乾脆的讓他送我一程，就算途中拿出所有的生命力來表現我的受寵若驚，也會被扔進不識相的那一邊吧。

但我也是受過幾次教訓才學會這一點。

「就算一直站在這裡等，雨也不會變小。」

「我知道……」

「面對問題的時候，首先要設法丟出可能的解決方案，從中尋找最適合的選項。」孟經理的語氣冰冰涼涼的，「不過人總是有思考上的死角。」

「死角？」

「看妳的樣子八成是打算冒雨跑去買傘，或是乾脆淋回家。」他忽然笑了，像是想起什麼一樣，「計程車大概不會是妳的選項，不過，我可以額外提供妳一個選擇。」

「額外的選擇？」

「給妳一個忠告。」孟經理撐開了傘，瞄了眼正朝公司大門駛來的計程車，「如果不把握時間進行選擇，妳就只會成為被選擇的那一方。」

被選擇的……那一方？

計程車停下了。

但孟經理卻往另一邊走去，以一種難以想像的閒適踩進傾瀉的狂雨裡頭。

接著我聽見車門被打開的聲響，拉回視線，意料之外的人斷然闖進我的視野，來到了我的面前。

「你為什麼……？」

「剛剛孟祈遠打電話給我。」

——我可以額外提供妳一個選擇。

他所說的就是孟喬安嗎？

「雨不是從早上就開始下了嗎？」

「我的傘被壓壞了。」

「運氣真差。」孟喬安張開手中的黑色大傘，明明同樣在騎樓下卻看起來像鑲嵌在雨的中央一樣，身體周圍帶著無法言喻的模糊感，「走吧。」

「你只帶一把傘嗎？」

「嗯。」

「特地坐計程車來，既沒有讓我上車直接送我回家，也沒有帶兩把傘，而是要像這樣送我回家？」

「不好嗎？」

「不覺得太迂迴了嗎？」

他居然笑了。

伸手將我拉進傘裡，不由分說的就搭住我的肩，讓我跟著一起踏進雨的裡頭。

「越不合理的事情越容易被記住。」

「要我牢牢記住你特地來接我這個恩情嗎？」

「嗯，」他的溫度悄悄滲透進我的肩頭，「像這樣一點一點累積起來，總有一天，妳就不得不拿出特別珍貴的東西來回報了吧。」

「例如什麼？」

「提前知道妳就不會被騙了。」

「你以為像你這樣擺明要騙我，我就會走進圈套嗎？」

「越是防備的人越是容易掉進陷阱。」孟喬安側過頭來對著我笑，卻因為這個微小的旋動，讓我更深的嵌入他的懷中，「而且妳的防備滿滿的都是破綻。」

「那是我沒有認真要防你好不好！」

「是嘛。」

「印象中你人還不錯，沒想到……果然所謂的印象都是假的。」

孟喬安不置可否的挑起眉，我不滿的哼了聲，腳下的平底鞋已經徹底濕透，雨還是下得猛烈，嘩啦啦嘩啦啦的，讓人煩躁不已。

每當雨大到一種程度，總會硬生生勾起刻意壓在深處的記憶。

那一天。

不想再回憶卻反覆被想起的、那一天。

「心情不好嗎？」

「什麼？」

「妳身上有一種鬱悶感。」

「沒什麼。」雨的味道黏附上每一個呼吸，或許記憶的深刻就是隨著呼吸一點一點的滲入骨血，「只是我很討厭這種大雨。」

「為什麼？」

「因為……」

會讓我想起不願意再想起的人。

我低低的起了頭，卻始終沒有給出接續，但孟喬安沒有催促也沒有表現出提問被擱置的不悅，與其說是極富耐心，也許更近似一種寬容。

不說也沒有關係。

「我也不喜歡下雨。」

「嗯，我記得你說過。」

「所以像這樣跟另一個也討厭雨的人走在一起，我覺得很好。」

「真搞不懂你。」

「怎麼？」

「偶爾惡趣味到很討厭，但偶爾又還可以。」

「還可以？」他輕輕的笑了。「我以為妳很坦率。果然所謂的印象都是假的。」

「不要盜用我說過的話，還可以就是還可以，少自作多情了。不要笑。叫你不要笑還笑。」

「到了。」

「喔。」

抬起頭我才發現兩個人已經走到公寓門前，停下腳步後他努了努下巴，催促我趕快上樓。

我正要轉身，眼角餘光卻瞥見他被傘遮擋住的襯衫，陰影下他的左半身幾乎濕透，下意識望向自己乾爽的右手臂，孟喬安沿途大概都把傘往我的方向傾斜吧。

這種時候應該要炫耀自己的貼心才對啊，萬一我沒發現不就又被記下一筆沒心沒肺了嗎？

真是的。

「喝點熱的再回去吧。」

「不用了。妳快點上去吧。」

「不是討厭雨嗎？」

垂下眼我拉住他的右手，沒有給他拒絕的餘地。

輕輕的說：

「那就等雨停之後再走吧。」

□

我究竟想表達什麼？

將熱水注入馬克杯時我鬱悶的反省著，明明什麼話都可以說啊，例如「我擔心你著涼」或者「你都特地送我回來了就上來喝杯茶吧」都能很好的展現我的知恩圖報以及體貼溫柔，雖然「等雨停再走」句子本身沒有太大的問題，但重點在於，這場雨怎麼看今天都不可能停了。

孟喬安會怎麼解讀那句話？

偷覷了眼正用吹風機試著吹乾衣褲的孟喬安，微傾的側臉透露著美好的弧度，頸項的曲線簡直像每一吋都寫上了蠱惑，漫不經心拿出茶包時被狠狠燙到，迫使我從不正當的遐想摔回現實。

「好燙——」

吹風機的巨大聲響突然靜止了。

我才剛把手上的茶包扔進垃圾筒，下一秒鐘右手手腕就被突如其來的孟喬安抓住，他俐落的旋開水龍頭讓冰水覆蓋上我的指節。

一時間我連單音都擠不出喉頭。

有些茫然的注視著他精緻的側臉，某些不尋常的成分在內心深處悄悄的醞釀，我不禁想，孟喬安對每個人都這麼體貼細心嗎？或者他的溫柔體貼只單單給了我？

我不清楚。

對於孟喬安這個人的認識還不足以讓我進行任何判斷。

他關緊水龍頭，又確認了我的右手，發紅的區塊退得差不多了，但我說不出「你真是小題大作」這種話，而是有些拙劣的抽回手。

「先喝點熱茶吧。不然容易感冒。」

「嗯。」他端起馬克杯，順從的喝了一小口，「看來今天雨是不會停了。」

「好像是……」

「那我今天就不走了。」

「什麼？」

現在又是什麼發展？

但他完全無視我的錯愕，捧著馬克杯的模樣顯得有些可愛，他壓低了嗓音，那之中揉進了落寞的氣味。

「這種雨天，我實在不想一個人。」

「但、但這有點……」

「妳剛剛明明說『等雨停之後再走吧』。」孟喬安不快的哼了聲，「不到半小時就要反悔了嗎？」

「有些話只是客套，不能當真的。」

「只要讓它變成真的，那就會是真的。」

孟喬安這種殘暴的口吻是以為自己在寫勵志金句嗎？

我堅決的搖晃腦袋。

「孤男寡女，我覺得很危險。」

「妳在替我的安危著想嗎？」

「危險的是我，你這傢伙全身上下都寫著不安分。」

他居然認同的點了點頭。

「妳覺得危險只會發生在之後嗎？」放下馬克杯，他再度發揮長手長腳的優勢將我鎖在水槽邊，「邀我進門的那瞬間起，妳就應該做好心理準備。」

他說得沒錯。

無論我的邀請出於何種理由，但結果就是讓一個男人進來我的房間，即使心底堅信絕對不可能發生什麼意外，但世間從來就不存在所謂的絕對。

「孟喬安……」

「以後，不要隨便讓男人進門。」

他鬆開我，抓起馬克杯轉身就往沙發走去，但無論移動到哪一個位置，八坪不到的小套房只要一抬眼就能看透，更別說是那張最佔空間的單人床。

「衣服吹乾了，茶也喝了，那是不是該——」

「我睡沙發就好。」

「既然沒有想對我做什麼，為什麼非得待在這裡不可啊？」

等等。

我剛剛那句話是什麼意思？

視線對上他的，顯然，他也在細細回味我的話。

接著孟喬安意味深長的笑了。

「看來想待在這裡確實是要付出一點代價。」

代價？

說得好像是我逼他做些什麼一樣。

「不要過來，算了，我不趕你走了，但不管你腦袋裡裝的是什麼，全部都扔掉。」我雙手扠腰試著讓自己更有氣勢，「這麼一來我們就能和平相處了。」

「張筱恩。」

「怎樣？」

「雨不停的話，我就、不走了。」

「你這傢伙！」

□

雨還在下。

我揉了揉眼睛，艱難的按下鬧鐘，來回滾了幾圈之後才不情願的坐起身，視線矇矓之中我瞥見靠坐在沙發上的身影。

孤男寡女。

輕輕甩了腦袋，昨晚別說嚴密戒備了，我睡得甚至比平常還沉，就算孟喬安老是動手動腳，但我卻還是相信他不會強迫我，反而因為他在，安定了源自獨居的細微不安。

回想起來，我確實應該檢討。

「你起得好早。」

「嗯。」

「沙發不好睡吧。」我踏上地板，伸手拉開窗簾，「回去好好再睡一覺吧。」

「嗯。」

孟喬安的回應很冷淡，我多看了他一眼，發現他臉色不怎麼好看，依他的身材硬要蜷縮在沙發上無論怎麼看都是勉強，八成是沒睡好，我掩著嘴打了個呵欠，邊伸懶腰邊往前走。

「我先回去了。」

「什麼？」

我才剛走到浴室門口就聽見他低啞不清的嗓音，扭過頭看向他，就看見他以過於緩慢的速度朝大門走去。

總感覺有點奇怪。

但孟喬安的移動沒有停頓，當他將大門拉開又掩上之後，我的納悶也找不到著力點，然而我才剛將身體扭回前方，門外就傳來一聲悶響。

像是重物落地的聲音。

外頭有什麼東西被弄掉了嗎？

上次聽見類似的聲音是某個女人把紙箱狠狠砸在鄰居門上，接著是瘋狂的咒罵聲，一陣沉默後轉為嚎啕大哭，當時我正恰好跟在女人身後上頭，被迫目睹了一切，甚至不得不蹲在地上安慰對方。

我等了幾分鐘，沒有其他聲響。

猶豫了一下我還是決定朝外走去，拉開門我卻愣在原地，下一秒我立刻衝向前。

我怎麼也不會料想到，躍入視野的居然會是橫躺在地的孟喬安。

「孟喬安！」

「欸，你怎麼了？」

「醒醒啊——」

好燙。

他的身體簡直像著火一樣。

在這種狀態下，而且外頭的雨也還沒停歇，他居然一聲不吭就打算自己離開，有股難以壓抑的怒氣猛烈湧上我的胸口，卻又抵不住他口中逸出的嚶嚀。

「我沒事……」

「身體都燙成這樣還說沒事？」

我勉強將他扶進房間，把他塞進床鋪用棉被將他包裹得密密實實，又用手探了探他的額頭，好燙，這樣下去會出問題的，必須想辦法替他降溫，但我正要跑向浴室時卻又被扯住。

「我真的沒事……」

孟喬安已經燒得迷迷糊糊卻還是喃唸著這句話，他低啞的嗓音徹底澆熄了我的憤怒，我想，到這種程度已經不能說是逞強了。

總有種說不上來的難過。

「你好好休息，沒關係的。」

「睡一覺就會好了。」

我擰了濕毛巾替他降溫，甚至還抽空說些也不知道他有沒有聽見的安撫，來回幾次之後他額際的溫度終於稍微回歸正常，但孟喬安的眉心卻依然緊緊攏著；不自覺伸出食指輕輕揉開他的糾結，想收回手可指尖卻帶著一種怔忪停頓在他柔軟的髮梢上。

長得真好看呢。

這還是我第一次這麼仔細的觀察著他的五官，指尖隨著視線滑過他長長的睫毛，高聳的鼻梁，最後停在他泛紅的唇。

吻了我兩次的唇……

我的手才剛碰上他的唇畔立刻驚恐的抽回手，像被哪個人當場逮住一樣，但我在屏息之後又鬆了口氣，幸好不是他突然醒來，只是電話響了。

等等，電話響了？

音樂聲頓時將我拉回現實。

「啊……」抬頭一望，掛鐘的指針已經跨越了九點，迅速抓起手機，果然是怡真，「喂——」

「妳沒事吧？睡過頭了嗎？」

「那個……」我望向眉眼終於舒展開來沉沉睡去的孟喬安，就算他稍微好轉我也不可能扔下他，不過也沒辦法據實以報，只好拿出萬年不敗的理由了。「我那個突然來……全身沒有力氣……可以拜託妳幫我請個假嗎？還沒寫完的計劃書我明天會加班完成的。」

「我知道了。但妳一個人沒問題嗎？」

「好好睡一覺就過去了……」

「那好吧，如果很不舒服記得打電話給我，反正公司到妳那邊很快。」

「好。」

「不要逞強喔。」

「我不會逞強啦，妳不用擔心，真的。」

「那好吧，好好休息喔。」

「嗯……」

掛了電話之後我感覺有點虛脫，說謊真的是件很困難的事，但我也不會因此佩服能夠面不改色欺騙他人的人，然而其中還有一類人，既不想說真話，也不願意說謊，最後只能獨自承擔所有重量。

逞強。

或者是不懂得依靠。

所以即使難受到一踏出門就昏倒也沒想過要讓我幫忙嗎？

「幸好你昨晚沒有回去。」

「嗯……」

「你醒了嗎？」孟喬安的眼微微張開，像是醒了卻又有些迷糊，他又嚶嚀了幾聲，卻也只是斷斷續續的單音，「再睡一會兒吧，還早。」

我正要起身卻被他扯住。

詫異的轉頭後迎上他依然緊閉的雙眼。

「不要走……」

孟喬安分明還沒清醒。

但他卻又重複一次。不要走。彷彿把剩餘的力氣都用來拉住我了。

我沒辦法甩開他的手，只好再度靠坐在床邊，以過近的距離注視著他的臉龐。

「我不會走。」

斂下眼我反手握住他的掌心，輕聲對他說，確認了有哪個人待在他身旁之後他終於再度睡去。

只是，他知道自己拉住的是誰嗎？

「孟喬安，你的心裡放著一個連意識不清都想抓住的人嗎？」

「不對。」我輕晃了腦袋，「以你這種逞強的表現，八成是因為意識不清才敢拉住對方吧。」

「既然心底有人為什麼還要吻我？」

「不過你睡著的樣子還滿可愛的嘛。」嘟起嘴我戳了戳他的臉頰，突然想到什麼我抓來一旁的手機，露出貓膩的笑容，伸手抵住他的鼻子後按下快門，

「讓你好好記住是誰勞心勞力的照顧你。孟小豬。」

05 那麼、我能抓住妳的手嗎？

孟喬安醒了。

身強體健的傢伙復原速度快得驚人，沉沉睡了一覺後，雖然不能說神清氣爽，但根本看不出正在廚房煮麵的男人幾個小時前才昏倒在門外。

「為什麼用那種眼神盯著我看？」

「發燒了為什麼不說？」

「妳不是要上班嘛……」

「裝可憐也沒用。」我嘖了聲，不想承認「帥哥確實容易取得原諒」這件事，「結果我還不是請假了。」

「對不起。」

「不是要你道歉。」嘆息不自覺從我唇畔滑出，「我知道想辦法自己解決問題是必要的，但一個人不可能負擔起所有重量，比起讓你倒在哪個不知名的角落，請假對我而言是小事。」

孟喬安有些不自在的別開眼。

筷子輕輕攪動著鍋子裡的白麵條。轉啊繞的。

「我從小，就被教育要自己解決問題，就算無法獨自解決，也要設法評估從中得到最不需依靠他人力量的選項。」他放下筷子，接著將火轉熄，「早上我只是想走到門口，打電話叫計程車送我到醫院，我沒有想逞強的意思。」

「這就是逞強。」

「……我會記住。」

「快把麵夾起來吧，不然會糊掉。」

「嗯。」他拿起筷子，忽然低聲的笑了，「我從來沒有想過會被妳教訓。」

「無法預料的才叫做人生。快點。」

催促著孟喬安動手，我彎腰拉開抽屜拿出拌麵醬，還來不及將抽屜關起，急促的門鈴聲就落了下來。

接著是熟悉不過的叫喊。

「張筱恩妳有聽見嗎？喂，張筱恩！」

是怡真。

我不知所措的瞪大雙眼，快速掃了一眼根本沒地方藏住孟喬安，但拖延得越久，怡真的語調就越高，我一把扯住孟喬安，連解釋的餘裕都沒有就把他往浴室塞。

「把門鎖上，無論如何都不要出來。」

「張筱恩！妳再不出聲我就要叫人來開鎖囉！」

「來、來了——」

匆忙拉開門，迎上的是怡真焦急無比的臉龐，接著覆蓋的是鬆一口氣後的生氣，但也許是我的慌張加強了我的「病態感」，最後她也只是抓住我的肩膀，來回巡視我的狀態。

沒事就好。

儘管沒有說出口，但我想，人最深切的關懷也不過如此吧。

「打電話給妳都不接，還以為妳怎麼了。」

「電話？」我用力的回想，可能是被埋在棉被堆裡壓住了鈴聲，「我不知道把電話扔哪去了……妳還沒吃午餐吧，一起去外面吃吧。」

「妳真的沒事？」

「睡了一覺之後好很多了……走吧，我早餐還沒吃，好餓——」

「那——」怡真的聲音突然中止，溫和的表情旋即換上另一張曖昧至極的臉孔，「不過看來，已經有人來照顧妳了呢。」

什麼？

轉過身我看見孟喬安大剌剌的站在浴室前，甚至抬起手跟怡真打了招呼。

「你這傢伙！」

「嗯哼……」

「不是妳想的那樣，絕對不是。」

「妳又知道我在想什麼了？」

「不知道，我什麼都不知道。」我費力的將怡真往門外推，「我們出去吃午餐吧，我好餓喔。」

「把人家丟在家裡很沒禮貌耶，不過，原來你們已經進展到可以讓他幫妳看家的程度了啊。」

「不要隨便腦補。」

我好無奈。

該死的孟喬安。

「嘿，要跟我們一起吃午餐嗎？」

「不用了。」孟喬安不知何時跟著走到了玄關，臉上還掛著看戲的淺笑，倚在門框上的姿態簡直像張海報，「我在家等筱恩回來。」

孟喬安百分之一百是蓄意的。

看看怡真的表情，不管是跳進黃河或者尼羅河我都別想洗刷掉誤會了。

□

怡真最後先走了。

但煮好的麵也糊了。

推開門時映入視野的是托著腮閉著眼的孟喬安，本來已經醞釀好的怨懟頓時消散無蹤，我輕輕帶上門，但似乎還是驚醒了他。

「這麼快就回來了？」

「怎麼可能真的把你丟在家裡。」我瞄了眼已經裝好擺在桌上卻沒被動過的麵，「為什麼不吃？」

「等妳回來。」

我別開眼，這一定是陰謀，絕對是陰謀，張筱恩妳千萬不要忘記這個人總是蓄意混亂妳的生活，無論是突然跑到公司樓下不由分說的強吻，或是讓經理在電梯裡主動打招呼，或是剛剛蓄意讓怡真產生誤會，我深吸一口氣，孟喬安八成只是無聊想找樂趣，而我好巧不巧讓他覺得有趣罷了。

絕對不要過度延伸。

「如果我和同事吃完午餐才回來你就這樣傻傻的等嗎？」

「嗯。」他居然乾脆的點頭，「不過我想妳應該不會讓我一個人待在妳家。」

「快點吃一吃啦。」

「嗯。」

催促孟喬安把麵吃完，把碗筷往流理台一扔，雖然他已經挽起袖子作勢要洗碗了，但想了想這樣下去不太行，便把要往流理台走去的孟喬安拉住，接著將他推向玄關。

「趁現在雨停了就快回去吧，傘記得拿。」

「妳呢？」

「我當然留在我家啊，不要拖拖拉拉了，快點回去睡覺。」

孟喬安望了我一眼，似乎接受了不得不離開的現實安分的蹲下身穿好鞋，很好，只差一步就能跨出門框了，接著再把門關起來我就能把他送走了。

但他卻忽然在門前頓住。

「為什麼停下來？」

「咳、咳——」

孟喬安沒有回答我，反倒是咳了幾聲，彷彿還嫌強度不夠一樣，背對著我有些乏力的扶住牆壁，那背影說有多虛弱就有多虛弱。

以為我這麼好騙嗎？

「不要裝了，我不會心軟的，快點走。」

「妳讓我不要逞強，卻又不相信我……」

這時候來這一招？

孟喬安到底對欺負我有什麼樣的執念啊，我不懂，我也不想懂，但很顯然這一仗我戰得一敗塗地。

「等我拿個外套就，送、你、回、家！」

「好。」

居然完全不掩飾，方才的咳嗽聲頓時沒了，他旋即轉過身對我扯開笑，卻沒有得逞的意味，而是很單純的開心。

這傢伙，該不會很寂寞吧。

嘿、你是因為想要人陪卻說不出口才一再捉弄我嗎？

然而這不是我能拋出來的提問，於是所有的聲音便被吞嚥而下，只剩幾個眼神的流轉，飄蕩在充滿水氣的空中，最後落在通往遠方的路途之上。

我和孟喬安踩在濕潤潤彷彿浸漬在雨水裡頭的柏油路上，安安靜靜的，肩並著肩前行的距離很近，總讓人以為在下一次揮動手臂時會擦過對方的衣袖，然而我們總是測不準長度，事實上我和他並不處於能觸碰到彼此的圓當中。

抽離言語時總讓人有過多的揣想。

「欸，孟喬安。」

「怎麼了？」

「你不去看醫生嗎？」

「我覺得我沒有那麼不舒服。」

「但是，大多時候人的以為都會失準，總是對自己過度自信，又總是過度缺乏自信。」

「妳想對我說什麼？」

「嗯？」

「沒什麼。」

「我只是在想，就算是同一件事，不同人就會拿出不同標準來衡量。」我停下腳步抬頭望向他，隔了一個跨步的長度他也跟著止步，「我不知道自己有沒有資格對你說這些，但是，想要一個人把全部的重量都扛起來是一件很辛苦很辛苦的事，所以覺得累的時候，雖然我可能幫不上太多忙，但多少，還是可以派上一點用場吧。」

「一直這麼心軟，會很累的。」

「我知道。」孟喬安說得沒錯，確實我因為心軟吃了很多虧，得到一次又一次的教訓之後我也不是沒有長進，但和他相處的時間越久，就越讓人不自覺想朝他伸出手，「所以我累的話，也會拜託你撐住我的。」

站在路中央的孟喬安長長久久的凝望著我，雨和柏油相互混合的氣味在四周浮動，不是很好聞，但我突然想起他曾說過的話。

——在一個讓人沒辦法喜歡的城市裡頭，也有著讓人喜歡的存在。

說不定，真正能深刻烙印在一個人心底的瞬間，就是像現在這樣明明處在自己不怎麼喜歡的地方，卻還是覺得待在這裡很好。

孟喬安輕緩的抬起手，透著些許涼意的指腹滑過我的臉頰，他的臉上沒有足以辨認的表情，但下一瞬間他的唇畔忽然泛開一抹笑，彷彿雨後放晴的第一道日光般閃耀。

「我第一次覺得生病是件好事。」

忽然他傾下身，將額頭抵住我的。

但即使什麼都看不清，我卻還是能感受到他身上的笑意。

他說：

「幸好我回來了。」

□

孟喬安的溫度彷彿還殘留在我的額頭上，彷彿一場突來的高燒，遲遲無法降溫。

兩隻手貼在額頭上，我整個人趴在餐桌上全身力氣像被抽乾一樣，心跳似乎也有點快，明明已經洗過兩次臉又喝了一杯冰水卻絲毫沒有鎮靜下來的跡象。

——幸好我回來了。

他這句話是什麼意思？

孟喬安沒有進一步說明，我也找不到適當的時間點發問，於是在充滿想像又帶著曖昧色彩的氛圍下抵達他的住處，接著他站在門前遲遲不轉身。

「我看著妳走吧。」

「你直接進去就好，我們又不是需要十八相送的關係。」

「記下另一個人的背影是件很討厭的事，但兩個人之間總是需要有一個人來做，所以妳先走，我會等到妳走到轉身也看不見我之後再進門。」

「不要老是說這種話。」

「嗯？」

「太容易讓人誤會了，這種話是要挑對象來說的。」

「所以才對妳說。」

「什麼……意思？」

「快點回去吧，說不定等一下就又下雨了。」他把手裡的傘塞進我的掌心，留有他體溫的傘柄熱熱燙燙的，「傘給妳，這樣想見我就不需要額外找理由了。」

「誰會想見你啦。」

愉快的笑聲從孟喬安的唇畔漾出，她揉亂了我的瀏海，這一次他直接搭住我的肩膀將我轉向後方，接著輕輕鬆開手。

我想，孟喬安這一瞬間看見的就是讓他感到討厭的背影吧。

「快走吧。」

「嗯，」來回猶豫後我終究沒有回頭，「你也快點進去休息。」

然後那一趟說不上長也算不上短的路程終究沒有落下雨滴，而我一路就這麼緊緊握住他給的那把黑傘，直到回到住處我才察覺自己的身體非常緊繃，不止一次我想回過頭，卻反覆告訴自己不要。

我既不想真的看見還站在原地的孟喬安。

也不想回頭後發現他只是隨口說說。

只是我卻開始反問自己，我對於孟喬安的設想究竟是些什麼？

我對他的話語和表現似乎太過在意了一點。

「我一定是被傳染感冒了。」

「絕對是這樣沒錯。」

站起身我堅定的告訴自己，只要睡上一覺就能復原，於是我脫下外套鑽進棉被裡，但下一秒我就後悔了，大概是我的錯覺，不過我總感覺眠被沾染著不屬於我的味道，晚了一步我才想起來，幾個小時前孟喬安才躺在這張床上。

我很無奈的翻身下床。

走到沙發才剛碰上坐墊就又立刻彈起身，這裡也是，昨晚他就睡在沙發。

站在房間中央我的視線轉了一圈，孟喬安待在裡頭的時間根本連二十四小時都不到，然而這裡、那裡通通有著他的殘影，我甩了甩頭，我想我的腦袋現在正以不正常的方式旋轉，繼續在相同的問題點打轉除了越陷越深外一點幫助也沒有。

暫時遠離這個房間吧。

「明明是我的房間……」

無奈的嘆氣，我抓起手機錢包再披上外套就往外走，沒有目的地就隨便挑了個方向往前走，但就算這麼說，每次我的「隨便」裡頭還是存在著慣性，反正最後抵達的不是超商就是公園。

果不其然我拐進了巷口的超商。

晃了晃零食櫃最後走到書報架前，學姐似乎又出了新書，抽出書我不太專心的讀著書背的書介，總是愛情；有次湘婕不知想到什麼突然提起學姐，明明是對愛情不怎麼關心的人，卻可以寫出一個又一個愛情故事。

「因為愛情，就算妳不關心也會佔據妳的思緒。」

小雅回了這麼一句話。

也就是說，人太過容易對另一個人的行為舉止有過度的揣想，就算對方真的在撩妹，也可能只是像撩撩瀏海一樣沒有太大意義，但總是有一種萬一會碰上當真的妹，於是就有了愛情。當然這裡的愛情只存在那個妹手裡，小心翼翼遞到對方面前說不定換來的是一個蹙眉，彷彿對於這份愛情大惑不解。

就是有這種人。

「孟喬安說不定就是這種傢伙。」我把書塞回書報櫃，暗自嘖了兩聲，「反正我不是妹，我才不會被撩動。」

但怎麼就是有點不爽呢？

拉開飲料櫃玻璃門，手碰到冰涼的無糖綠茶時電話突然響起，愣了兩秒我還是拿出了飲料。

是小雅。

「喂？」

「張筱恩妳現在在哪裡？今天沒有上班嗎？妳跟誰在一起？」

小雅沒有停頓的問號一個接一個砸往我的腦袋，我拉開手機瞄了眼時間，甚至還不到小雅上班的時間，偏著頭我邊付錢邊納悶，發生了什麼讓她這麼急切的事情嗎？

「我在附近的便利商店啊，我今天請……」止住話，另外解釋請假的原因太麻煩了，而且還是屬於牽扯到男人最麻煩的那一種狀況，「今天休假。」

「跟誰在一起？」

「就我一個人啊。」

「真的？」

「騙妳做什麼？」我挑了店裡最角落的位置坐下，「妳上班途中打電話給我就是為了問這個？」

但小雅沒有回答我，而是轉了話題。

「社團群組的訊息妳看見了嗎？」

「我沒開網路。到底怎麼一回事啦？」

「妳等一下自己看了就知道，晚上六點到四季，不來我就殺去妳家。」

「好啦，但到底——」

「晚上再說，我離開座位太久了，妳去看群組就知道了。掰。」

小雅說風是風說雨是雨的個性一直都變過，說完她想說的話就乾脆掛了電話，我喝了一口綠茶，好冰，真是莫名其妙。

社團群組又怎麼了？

好不容易我被孟喬安拒吻的火被另一個社員失戀的消息接過去，但我對不太熟的人的感情狀況實在沒有多大的興趣，我滑開群組，幾十條未讀訊息跳了出來，而群組的對話熱烈到讓人覺得訝異，為了找到話題源頭我只能拚命往上滑，就在我手痠想放棄的時候我停了下來。

雙眼死盯著螢幕。

畫面中央擺著一張照片。

「不會吧……」

照片裡清清楚楚拍出我和孟喬安，背景是他家門口，上傳的人寫著「目擊孟喬安和張筱恩私下約會」，還煞有其事的描述他在一旁看見孟喬安貼心的把傘給我、還目送我到人不見了才進家門等等，底下就是一群人來來往往的揣測和談論。

「他真的等到我走遠了才回家啊……」

「不過，」看著顯現不出多少曖昧的照片，「我還以為是什麼呢……不對，我被孟喬安不合理的行為洗腦了嗎？怎麼會覺得這一張可以扯出一堆故事版本的照片沒什麼呢！」

只是，我的手不自覺滑過唇畔，但想起的卻是他在回程途中從額頭傳遞而來的溫度。

幸好我回來了。

那一幕，在孟喬安的心底究竟是什麼樣的故事？

06 總有一天，這世界上的所有人都能學會說謊

四季門上的鈴鐺一如往常清脆的響起，才剛踏進店內我就迎上小雅和湘婕銳利的視線，儘管我內心深處竄出一道強烈的聲響讓我轉頭就跑，但理智控制住我的雙腳，帶著一股僵硬我慢慢往角落的沙發座走去。

逃得了一時，躲不了一世。

況且這兩個女人知道我家在哪裡，還知道我的公司在哪，更糟的是，她們連我媽和我哥的電話都知道。

「我遲到了嗎？」

「快點坐下。」

「妳們點飲料了嗎？」

「幫妳點好了。」小雅把椅子拉往我的身旁，瞇起她細長的丹鳳眼危險的瞅著我，「妳什麼時候開始跟孟喬安聯絡的？」

「哪、哪有什麼聯絡……」

「照片裡不是妳嗎？」

不是。我很想這麼回答。但顯然是個很蠢的念頭。

店員以清爽俐落的動作送來飲料和三明治，我伸手想端卻被小雅擋住路徑，湘婕彷彿要刺激我一般優雅的端起水果茶輕輕啜飲；她們的分工一向很明確，小雅負責取得情報，而湘婕負責散播。

「就在路上碰巧遇見而已啦。」

鬼才相信。

她們臉上的表情大大的寫上這四個字。

「真的啦！照片上我和孟喬安不就站在路邊說話而已嗎？哪有什麼。」我別開眼，展現出一種被冤枉的憤慨藉此掩蓋我的目光閃爍，「下次隨便我跟哪個男人說話，都要被拷問一次嗎？」

「也是。」

覺得沒戲之後小雅很現實的把椅子拉回去，不過看她放棄得如此乾脆，大概她們本來就沒有太大「期待」；確實群組喧鬧了一陣之後大家很快就感到無聊，不過只是一張日常不過的照片，在任何路邊都可能發生的日常。

沒人知道那裡是孟喬安住處門口。

我鬆了一口氣。沒朋友有沒朋友的好處。

假使聽見我的感想說不定孟喬安會發狠把他強吻我的照片傳上群組，我喝了一口美式，好苦，有些事放在心裡想一想就好。

「我還以為妳長大了，會積極去抓住好男人，唉，」湘婕大大嘆了口氣，「果然還是期望太高了。」

「那還真是抱歉呢。」

「不過，孟喬安真的是個不錯的對象。」

「妳跟他很熟嗎？」

「不熟，但就是不熟才有戲嘛。」

「湘婕說得沒錯。」小雅偏著頭盯著我瞧，「有容易入手的交集，但又有新鮮的陌生感，就算真的發展不起來也沒差，反正本來的生活就沒有重疊，張筱恩妳空窗很久了吧，不搞點曖昧的話會慢慢忘記怎麼談戀愛，最後就談不了戀愛了。」

「妳們除了這些就沒有其他消遣了嗎？」

「沒有。」小雅望了眼湘婕，兩個人聳了聳肩，「有的話也不會成天和妳們在四季打混。」

這倒也是。

捧著馬克杯我來回看了她們，這一兩年無論是「容易陷入戀愛」的小雅或是「積極尋找戀愛」的湘婕踏進戀愛的次數越來越少，即使一開始主動往前走，但走著走著卻越來越躊躇，彷彿是想起了過去跌倒的疼痛，於是便在哪個瞬間就突然抽身；沒辦法像從前愛得那樣深，也就得不到深刻的戀愛，一來一往之後似乎就不怎麼能提起勁來。

認真說起來，我們三個在幾年前都還是那類談了戀愛就全心全意撲上去的類型，才隔沒多久，三個人的衝勁居然都處於充電不足的狀態。

「沒辦法，戀愛實在太傷神勞力。」

「以前為了愛怎麼累都無所謂，就算痛也能忍耐，只要能得到對方的愛，或是只要能讓對方開心，一切就都值得了。」湘婕笑了聲，「我們現在這樣，算是學會愛自己吧，在自己感到舒適的範圍內去愛對方，當然對方也大概是這種態度，不過又會想起過去那種轟轟烈烈的感情，就又突然覺得不足，唉，貪心的人最後就會什麼都得不到啊。」

「妳今天，好像有點感性。」

「就屬妳最沒心沒肺，大學的時候為了那個學長搞得要死要活，之後又跟那什麼咖啡怪咖也弄得失魂落魄的，要不是我和小雅就算生氣也沒有不要妳，妳就算想聽我感性也聽不到。」

「不要翻人家的黑歷史嘛。」我討好的扯開笑，「而且我也沒跟學長談戀愛。」

「單戀也有個戀，愛不愛是妳自己的事，交往才是兩個人的事。」

「但自己一頭熱不是更慘？」小雅很沒同情心的笑了出來，「學長跟那個誰交往的時候妳哭得超醜，醜到讓我畢生難忘。」

「夠了。」

「不過孟喬安妳就試試啊，能巧遇一次就能巧遇第二次，然後三次四次之後就不需要碰巧也能見面了。」

傘給妳，這樣想見我就不需要額外找理由了。

孟喬安的聲音突然滑過我的腦袋，我有些心虛的低下頭，喝了一大口已經不熱的美式，但就連舌尖的苦也抹不去他的身影。

戀愛的選項。

孟喬安嗎？

我在想些什麼，甩了甩頭，試著把這個念頭甩出去，然而念頭這種沒有形狀也無法掌握的存在，越想揮開就越是往深處竄入，孟喬安的吻彷彿找到最佳時機燃起熱度，下意識抿起唇，卻更加深了記憶中的觸碰。

「張筱恩妳在發什麼愣？」

「沒、沒事。」

「我同事給我兩張電影公關票，想辦法約個男人去看吧。」

「哪來的男人？」

「找啊。」

「為什麼要給我？妳不需要嗎？小雅不需要嗎？」

「這種愛情文藝片只有妳喜歡吶，順便看看妳找的男人能不能配合啊。」

湘婕嘆了口氣，「需要磨合的地方越少就越省心力，既然沒那麼多熱情，就要盡可能不讓其他部分消耗掉自己的熱情。」

「妳今天、真的感性到讓我有點害怕。」

小雅噗哧笑了出來。

「湘婕的前男友要結婚了，剛剛等妳的時候FB滑到他的婚紗照。」她搶過湘婕手裡的電影票塞進我的手心，「來點好消息增加我們的信心吧。雖然現在的我們已經沒辦法從別人的幸福去想像自己的，但如果我們之中有哪個人先找到屬於自己的幸福，多少能讓我們有點盼頭。」

「妳的前男友也要結婚了嗎？」

「不是。」小雅彈了我的額頭，「我的初戀剛剛也上傳了超音波照。」

彷彿世界上所有的人們都踏實的往前邁進，而我們三個，雖然不是孤伶伶的縮在原地，卻也像卡在哪個坎前方翻不過去。

並不是待在這邊的自己不幸福，只是從沒看過彼端風景的我們心底某處總是難以真正釋懷，所以期盼當中有哪個誰可以爬上那道牆，就算是透過她的雙眼也好，也希望能夠親耳聽見她對彼端風景的描述。

那裡的天氣好嗎？

或許，夜深人靜時想問的只是如此的問題罷了。

□

孟喬安給的傘還擺在玄關。

湘婕給的電影票安靜的躺在化妝台上。

理由別人都替我準備好了，但我卻躺在沙發浪費一整個下午猶豫不決。

「連拜託他親個臉頰都會被拒絕，何況是看電影。」

「但他後來跑來吻我了啊，還兩次耶，都已經是接吻的關係了，一起看個電影也很普通吧。」

「愛情片耶，這種票一出手就會被他嘲笑吧。」

「好歹我也在他發燒的時候照顧過他，就算忍耐也應該陪我看場電影才對，但那傢伙好像不是有常識的類型……」

「啊啊啊，好煩啊——」

抱著頭我把臉埋進沙發裡頭，扭動幾分鐘之後我突然全身僵住，某個非常可怕的念頭像遠方射來的箭兇猛的刺進我的心臟，鬆開手我有些茫然的轉身望向玄關，縫隙當中隱約能看見那把黑色大傘。

我為什麼會如此猶疑？

不過就是看場電影，即使他是個男人，但我也不是會害怕跟異性單獨相處的人，其實只要很簡單的拋出「嘿、我手上剛好有兩張電影票，小雅她們都沒空，所以來問你要不要一起去」，無論對方心底怎麼揣想，我這裡的態度都是「剛好就問問你」；這也是湘婕把電影票給我的原因，公關票，能很好的演繹我口中的「湊巧」，湊巧拿到，湊巧想起你，隱晦的讓對方明白，我會想起你，但也只是湊巧的那種程度。

於是我就能在對方的反應裡頭拼湊線索，作為下一步如何移動的依據。

就算帶著往戀愛方向前進的試探，但我的猶豫不決無論從什麼角度來看都太過劇烈，彷彿我的體內已經擺進比試探還要更多的什麼。

什麼。

究竟是什麼？

「算了。」我坐起身，筆直盯著化妝台上的電影票，「先去還傘，電影的事就見機行動吧，說不定見到他之後反而完全不會猶豫了。」

直接出門吧。

趁現在我的念頭最旺的時間點，火勢再消退一點說不定我就又會窩回沙發裡頭了。

於是我就風風火火的出門，風風火火的出現在孟喬安住處附近的街口。

接著又頓在途中。

「沒有通知就跑到人家樓下的女人，想想就有點掉價。」

我踢了兩顆碎石頭，想了想，扭頭回家一切就又回到原點，既然要湊巧就湊巧到底吧，我大步走往不遠處的公園，找了張看起來很舒服的長椅坐下，掏出口袋裡的手機，毅然決然按下撥號鍵。

嗯，我湊巧散步到附近的公園，湊巧想起你家就在附近，又湊巧的看見自己隨手帶的傘剛好是他的，最最湊巧的是我的錢包裡夾著兩張湘婕湊巧送給我的電影公關票。

真是湊巧至極。

「喂？」

「我是張筱恩。」

「我知道。」他似乎是笑了。「想我了嗎？」

「才沒有。」

「那怎麼了嗎？」

「我湊巧散步到你家附近的公園，發現自己湊巧帶了你的傘，所以想說乾脆拿給你吧。」

「但我現在不在家。」

什麼？

在湊巧到極致的狀況下，主角居然也湊巧至極的不在家。

沒辦法，也是有這種時刻。

「那就算了，反正我也只是出來散步而已。」

「嗯。」

「那我先掛電話了。」

切斷電話後我整個人癱靠在長椅上，黑色大傘也躺在一旁，一個在大晴天拿著黑傘還一副虛脫模樣還獨自在公園的女人，光想想就適合直接演出驚悚片。

算了。

反正都出門了，就當作我真的只是出來散步吧。

「難怪會有一堆人到最後連自己的謊都當作真的。」

「那大概是自我安慰到極致的狀況吧。」

拿著傘我在公園的草地上慢悠悠的閒晃，溫熱的日光披灑而下，貼附於我裸露在外的肌膚，但隔著衣料底下的身體卻也被烘得熱熱燙燙；我閉起眼深吸一口氣，草地的味道、太陽的味道，還有一點自由的味道。

心情不好的時候我總會到公園的草坪上曬太陽。

大學時期熱切迷戀過的學長曾經這麼說，我想我大概真的如小雅所說的，從前只要喜歡上哪個人就全心全意撲上去，跟為了前男友努力吞嚥自己不喜歡的咖啡一樣，那時的我為了弄明白學長的感受，只要一出太陽我就會想找個草坪「體會」。

於是就默化成一種習慣。

或許每份喜歡都會像這樣留下一些痕跡，深深烙印進身體內部，緩慢而確實的對某個人造成改變，甚至到最後自己也分辨不出到底改變了哪些地方。日光是好的。但認真追究起來，我卻答不上來喜歡曬太陽這件事究竟是源自我自己，又或者屬於包裹在屬於學長的痕跡裡頭。

「我果然還是有些文藝感的。」

但曬久還是有點熱，孟喬安的傘居然能派上用場，我撐開大大的傘面，一道陰影立刻籠罩而下遮去日光的熱度。踩著草地的腳還是燙的。

「筱恩？」

才剛抬起腳步，身後就傳來一道聲音。

有點熟悉，卻又像藏在夾層裡頭忽然接觸到外界而帶著些許模糊與猶疑，我轉過身，稍稍抬起擋住視線的黑傘，目光恰好落在來者有著漂亮小麥色的臉龐上。

「遠看覺得可能是妳，沒想到真的這麼巧。」

「學長……？」

「好久不見呢。」

我眨了好幾次眼才能肯定眼前比印象中成熟一點也瘦上一些的男人確實是當初我日夜追逐的男人。

這也是所謂的湊巧嗎？

「嗯。」我輕輕點了頭，垂下的視線落在黑傘覆蓋而下的陰影，「真是好久不見了。」

久得讓我以為再也不會再見了。

□

我收起了傘，和學長並肩踩在綠得異常鮮豔的草地上，風輕輕暖暖的，撫過我的髮梢，而他柔軟的嗓音融進風中滑過我的耳畔。

靜靜聽著他說話，偶爾附和個幾句，並非不想搭理學長，單純只是有些恍惚而顯得反應遲鈍。

「每次和很久不見的人見面，我總會覺得很奇妙，會有一種『確實是我認識的那個人，但又跟印象中的那個人不太一樣』。」

「畢竟，在不知不覺之間人就變了。」

「人就變了。」學長若有所思的喃唸著我的話，唇邊泛開一抹說不上喜悅的淡笑，「是啊，無論我們願不願意，人總是在不知不覺之間就變了。」

「不過改變也不全是壞事，而且人總會保有不變的部分。」

「是啊。」他側過頭望向我，眼底那抹屬於我的倒影映現得清清楚楚，「從以前到現在妳都一樣讓人覺得非常溫暖。」

非常溫暖。

他以前的確和我說過相同的話。

我不自覺握緊傘柄，儘管已經過了一段長長久久的時間，當初對他的那份迷戀也早已消卻無蹤；然而人只要曾經非常深刻的去追尋某個存在，必然會在體內留下同等深刻的烙印。

此刻，染上他的顏色的烙印正隱隱發燙。

「不知不覺就感慨起來了。」清朗的笑聲讓空氣帶著一種輕震，他轉頭將視線定格在我臉上，「最近好嗎？現在才想起最該問的問題我還沒問呢。」

最近。

這個詞彙和「還好」一樣沾附著難以界定的模糊與曖昧，最近，就像對方突然遞來一條橡皮筋讓你把圓拉成直線，狀似非常簡單的要求，但究竟是直接捻住兩端就好，或是設法把橡皮筋拉長到兩股幾乎要黏附成一股的極限呢？

要從時間軸的哪一點切分下去才算最近呢？

「嗯，還好。」

然而對於一個湊巧遇見的舊人，承接曖昧寒暄之後大抵就是還回同樣曖昧的回覆吧。

能這樣回應的我，多少也算是有所成長吧。

畢竟我已經不是那個會自顧自把生活中發現的一切鉅細靡遺攤在他面前的女孩了，當時的我單純希望能把自己感到有趣的所有細節都和自己喜歡的人分享，倘若在那些話語之間得來他一個笑，對我而言就已經非常足夠，何況他總是給我更多，多到我幾乎以為他也同樣喜歡我。

「我喜歡你」這樣的話我沒對他說過，但身旁的人沒有一個人不知道我對他的喜歡，無論是曖昧的眼神、調侃的言語，甚至大搖大擺的把我和他圈劃在相同區塊；儘管沒有表態卻也沒有不悅，甚至沒對我說過「不要在意他們」，依然爽朗而耐心的聽我說話，摸摸我的頭，偶爾會像發表感想一樣說出「筱恩總是讓人感覺非常溫暖呢」。

日復一日。

我開始相信我和他之間確實存在些什麼，小雅和湘婕也時常鼓吹我主動往前一步，反正我在學長身旁打轉的模樣也已經夠主動了，說不定兩個人就只差一步，清楚跨過朋友界線的那一步，雖然他不過來，我朝他走去也是一樣。

只要能抵達就好。

我和小雅她們太過自我滿足的將他滯留於原地的理由歸因於學長的溫吞，卻沒有考慮其他可能，例如打從一開始他就沒有想朝我這頭踏近的意思。

溫柔有各種樣貌，我卻只拿著愛情的單一顏色去注視。

於是我鼓起勇氣想朝他跑去。

我還記得自己的雙腳奔跑在走廊的冷硬反彈，一頭熱的我並沒有等待任何時機，單純只是在那瞬間產生了衝動，不知道問了誰得知了他的所在便不管不顧的奔去，甚至在途中重重跌了一跤，我想那或許是上天給我的一個警告，但我卻沒有任何領略。

最後我還是抵達他的所在。

卻沒有走到他面前。

學長站在另一個女孩面前溫柔的漾開微笑，生日快樂，依稀聽見他的聲音，後面他和她還說了些什麼我記不得了，整個世界彷彿一起朝我發出嗡嗡嗡的雜訊，我看見學長牽起女孩的手，轉身往前方走去。

我想，他真的是個非常溫柔的人，實在太過溫柔了，然而在那些他給出的溫柔之中也存在著差別，至少他給那個女孩的，和給我的不一樣。

後來小雅和湘婕狠狠數落了他很長一段時間，大概我消沉多久，她們的氣憤就延續多久，她們把我的痛苦全部歸咎於他惹人誤會的溫柔，我不敢對她們說實話，那時的我卻想著，至少我還擁有過屬於他的溫柔。

只是現在想想，對他的喜歡之中，讓我感到最痛苦的部分卻也是他的溫柔。

「雖然不住附近，但我偶爾會來這個公園放空。」聽著他說話，我不自覺垂下眼，這個人還是一如既往的溫柔呢。「妳住附近嗎？」

「我住的地方離這裡有一段距離，但今天突然想走遠一點。」

「那還真是湊巧呢。」

湊巧。

或許也不能這麼說，我望向手中的黑色大傘，但我確實是為了營造出湊巧的氛圍才走進公園，只是走進來的卻是設想之外的人。

此刻我的心情大概就像往某個方向跑著的途中忽然撞上另一個人一樣，當初他是我想抵達的目的地，而今卻成為途中的偶然，想想都覺得像哪個人心血來潮的惡作劇，提醒自己「那裡」並不是輕鬆能到達的地方。

奔往學長的那一天，我也曾在途中絆倒，儘管沒有任何阻礙我卻還是跌了一跤──

「啊……」

「怎麼了嗎？」

我想起來了。

那天。當我重重摔落在地，有一隻手用力將我拉起，冰冰涼涼的。

「痛嗎？」

「嗯。」

「急著去哪裡嗎？」

聲音的主人臉上揚起非常好看的微笑，我卻沒有心思細看，甚至沒有多餘的力氣記下更多的細節。

那時的我，回答什麼了？

他聽見我的回答之後笑容就斂下了，接著冷淡的看著我，而我沒有將他擺在心上，道謝之後再度急切的轉身往前奔去。

「我要去找學長。」

大概，我是這麼對他說的吧。

然後頭也不回的讓他注視著我毫不猶豫的轉身以及離去。

「那是孟喬安嗎？」

孟喬安。

那天拉起我的是孟喬安沒錯，但為什麼學長會喊出他的名字？

抬起頭我拉起視線，站在一段距離之外的男人臉上的無波恰巧和記憶中那張冷淡的臉龐緩慢重合，我想說些什麼卻發不出聲音，只能任憑他讓人讀不出情緒的目光落在我的身上。

最後，目睹他的轉身離去。

07 該被試探的是你，或者是我？

按下門鈴後我在距離大門一步之外垂著頭安靜的等著。

握住傘柄的指節微微泛著白，門的另一邊隱約傳來聲響卻又彷若錯覺，隔著厚重的門板的兩端彷彿兩個世界，無論多近，對於看不見的房間我也只能揣著各種想像。然後等待。

喀的一聲。

鎖被旋開的響音打散了我的想像，抬起頭的瞬間我恰巧迎上拉開門的他，張開了唇之後卻又抿得更緊，思緒轉了一輪仍舊理不出紋理，最後我不發一語的將手中的傘遞到他的面前。

然而他沒有接下。

彷彿非得等到我開口他才願意讓時間繼續流動，兩個人因著某個莫名的理由在門外與門內相互僵持著，他不走出來，我不跨進去，他不開口，而我不出聲，硬將我和他框在此處的就是我手中的這把黑傘；於是我忽然有一點明白了，這把傘或許就是兩人之間的理由，還站在這裡的理由。

所以他不收。

在找到另一個理由之前，他不肯伸手。

我和他之間總是需要一個理由。

例如被拍下的照片。例如我的巧遇。例如這把傘。

「剛剛是你吧。」

孟喬安斂下眼絲毫沒有回答的意思，然而如此的他卻在如此的姿態之下輕輕應了聲。嗯。用一種隱晦的不情願卻沒有迴避我的提問。

我居然不合時宜的覺得這樣的孟喬安有點可愛。

「為什麼直接就走了？」

「不是要還傘嗎？」他伸出手，非常拙劣的轉移問題，「給我吧。」

我仔細凝視著孟喬安美好的臉龐，隨後視線滑下落在他懸在半空中的右手，理由，我想著，突然不那麼想將傘遞還給他了。

然而我的思緒又繞了一圈，內心深處又冒出想試探眼前的男人的念頭，他收回了一個理由還會設法再拋出另一個能夠攀附的藉口嗎？

小雅常說兩個人的感情之間大抵就是一場拉扯，來來回回，又反反覆覆，試探就是其中最重要的環節，我們總是想摸清對方揣著的各種東西與界線，打探著對方的喜好、對方的情史、對方的存款、對方的一切一切，為了讓自己進行判斷時能得出最好的答案，而這一切最最重要的試探便是測試愛的深度。

怕對方愛得太淺，又怕對方愛得太深。

我和孟喬安還沒走到那一步，硬要說起來該是我這方在圈圈之外徘徊，既抱持著往前走看看也無妨的心情，卻同時懷著萬一就我一頭熱往前走該怎麼辦的念頭，回想過去那幾段感情，單戀或者交往，我總是一點也不懂得瞻前顧後的就往前衝，以為這樣便能快一點抵達對方跟前，卻沒想過自己踏上的到底是不是「正確」的路徑。

毫無保留的喜歡。

純粹沒有雜質。

聽起來都遙遠得像販售想像的廣告台詞。

最後我還是將傘交給他了。

「那我回去了。」

試探會扼殺一些萌芽的可能。我明白。但如果是連輕巧的試探都承受不起的可能，往後也會隨隨便便就被摧折毀壞吧。

五年前的我大概會對此刻的我擺出嗤之以鼻的表情吧。

「妳沒忘記吧？」

「忘記什麼？」

「照片。」孟喬安居高臨下的盯著我瞧，不過我想這單純只是來自於兩人的身高差，「一張照片打掃三次，還剩兩次。」

「你的房間明明很乾淨。」

「比起妳的房間是乾淨多了沒錯。」他異常認同的點了兩下頭，「所以我決定換個方式讓妳贖回照片。」

「什麼方式？」

「煮飯給我吃吧，外食都吃膩了。」

這算是他扔出來的理由嗎？

我瞇起眼，不知為何心情有點愉快，但我盡量克制住自己的臉部肌肉，擺出無所謂的模樣輕點了兩下頭。

「我是無所謂啦。」

「妳在笑什麼？」

「有嗎？」我明明就很努力在控制了啊，我用手揉了揉不聽話的右臉頰，上揚的弧度確實有些明顯，既然如此只能找尋其他解釋了。「不過想想也滿值得高興的，畢竟煮飯比打掃輕鬆多了。」

「是嘛。」

「反正就是那樣啦，太陽好像比較小了，我要回家了。」

「我送妳回去。」

「不用了。」我阻止他的動作，「天氣很好。路又不長。而且人總是有想要自己走一段路的時候。」

他沒有堅持，大概因為我從來就不是個迂迴的人。

然而在我轉身之際，孟喬安卻又突然拋出了一個微妙的問號。

「那個人，是學長吧？」

「嗯。」我點頭，但沒有回過身，「湊巧碰上的。和你說完電話之後。」

「妳……回去的路上小心一點。」

「那你，是特地到公園找我嗎？」

「我怕妳在原地等我。」

終於我忍不住轉身，迎上他那張美好卻無波的臉龐，我一直不能肯定孟喬安的缺乏表情究竟是一種擅長掩飾，又或者不擅長展現。

「這是……什麼意思？」

他斂下眼，長長的睫毛掩去他眸中的流光。

低緩的嗓音彷若微風輕滑過我的耳畔。

「等待這種事，讓我來做就好。」

□

將熱水沖進馬克杯裡頭，濃郁的紅茶香氣融進奔騰的熱霧之中滲入我的呼吸，拿著小湯匙舀了兩匙砂糖倒進紅茶，在湯匙幾乎要碰觸到液面之際我又抬起手，追加了一匙砂糖後湯匙才乾脆的探入熱燙的紅茶翻攪出一個小宇宙的漩渦。

事到如今已經沒有後悔的餘地了。

當湯匙碰上紅茶的瞬間，我已經喪失了追加甜度的權利，或者該說在當下我願意採取的選項之中，沒有一個能容許我追加砂糖。

我明白的看見擺在眼前的選項，但那不會成為我的選擇。

例如起身走去廚房拿取一把新的湯匙，例如不管不顧的讓砂糖沾上茶水，縱使我過去曾這麼做，又或許該說正因為過去曾經這麼做，如此那些選項從一開始就被剔除了。

人在遭遇許許多多的選擇之後，大多時候得到的結論並不是「我有那樣多的選擇」，而是「在那些選擇之中我只願意從其中幾個進行挑選」。慣性。或者惰性。又或者一種迴避白費力氣與防止自己受到傷害的自我保護。

「好燙。」

但諷刺的是，讓自己受到傷害的總是處於選擇之外某些存在。

我瞪視著燙口的馬克杯，液面的倒映正微微晃動，讓平淡無奇的室內風景顯得有些奇幻，但那些奇幻只持續很短一段時間便再度歸於平靜。彷彿我的日常並沒有任何奇幻。也不存在任何晃動。

只剩下過於寧靜的倒映。

「我到底為什麼要在深夜十二點半一邊喝紅茶一邊進行哲學詰問？」

既然睡不著就乾脆讓睡意離我更遠吧。

大概是這種自暴自棄的節奏。

「那到底是什麼意思？」

失去睡眠的起因就是這個提問。

孟喬安意味深長的話語醞釀出揮散不去的餘韻，我忍著讓自己不要去深思，於是蓄意讓自己陷入更晦澀的思索，但除了讓思緒更煩躁以外一點用處也沒有，所有的詰問到了最後仍舊會不由自主的繞回亟欲避開的起點。彷彿迴圈一般。解不開就別想出去。

——等待這種事，讓我來做就好。

這句話無論從任何角度來審視都具有極高的曖昧成分，簡直像95％巧克力裡頭含有百分之九十五的巧克力一樣，然而孟喬安的姿態卻不透著一絲曖昧，正直的表情與口吻讓人始終無法排除剩餘的百分之五可能性。

百分之五。

感情這種事，其實跟百分比沒有太大關係，即使對方喜歡自己的機率高達百分之九十九，只要落在圓餅圖上那細細一條線上，結果就是等於零。

零。

不知道從哪一個瞬間開始，我的視線開始從百分之九十九的區塊移向百分之一的細線之上，在考慮成功之前先試著替自己準備失敗後的退路，彷彿在移動之前就預設了摔落在地的姿勢，務求一個漂亮完美的 ending pose，讓自己在爬起身後還能瀟灑的揚起笑容，狀似無謂的宣告「不痛」、「不礙事的」。

讓人搞不清到底是為了抵達終點而起跑，或者目的根本就是為了一個完美的落地姿勢。

真讓人越想越消沉。

「好煩好煩好煩吶——」

「話不說清楚的傢伙討厭死了——」

抱著枕頭我在沙發狹小的區域內扭來扭去，我從來沒有擅長過揣想另一個人的心意，但這種狀況也不能直接衝到孟喬安面前扯著他的衣領大喊著「你的話到底是什麼意思不要拐彎抹角乾乾脆脆的把話說清楚啊」，就算真這麼做了，孟喬安八成也不會據實回答，而另外兩成則有可能是我不太想聽見的回答。

我想聽見的回答？

「當然是心中懷著曖昧才會說出曖昧的話啊。」

或是：

「妳確定我的曖昧只是曖昧嗎？」

又或者……

我用力甩了幾下腦袋，太可怕了，在萬籟俱寂的深夜裡想像這些延伸簡直比獨自看恐怖小說還可怕，看吧，我把右手壓在心臟的位置，過於快速的跳動清晰又劇烈的傳來，隨之而來是無法忽視的熱燙一點一點爬上我的皮膚與臉頰。

「難道我對孟喬安的興趣比我想像的還要多嗎？」

抬手摀住臉頰，他的身影不期然滑過我的思緒。

接著是他美好的笑顏。

最後，是他的吻。

我能不能對一再替兩個人找尋走向對方的理由的孟喬安抱有期待？

「你想要的只是一個朋友，還是……」

更多的、什麼？

□

孟喬安的心思我想並不是一個容易釐清的問題，在那之前，我總要更肯定的試探自己。

感情之中的試探不單單只拋於對方，更多時候是一種自我攻訐。

「很好。」我進行了幾次深呼吸，果然，人的腦袋中一旦放進「不當」的思想，即使再正直的舉止也會染上某種不安定的氣味。「我只是為了要讓他刪掉照片，畢竟一直有個把柄在他手上總是像根小小的刺卡在那裡，沒錯，我絕對沒有懷抱著任何預想。絕對沒有。」

我抬起右手，伸出還稱得上纖長的食指，心一橫直接按下面前的門鈴，但下一秒鐘我卻想拔腿就跑，甚至有種「讓他以為是惡作劇算了」的念頭，只是門後的人沒有留給我多餘的反應時間，很快的就拉開了門。

卻不是孟喬安。

有什麼比「開門的居然是個女人」更刺激？

大概就只有「拉開門的人居然是個男人」了，而且這個「男人」還是自己公司的主管。

當場愣住的我在清醒之後不只反問過自己一千遍「為什麼剛剛不拔腿就跑」，然而我長大了，我知道人逃得了一時躲不了一世，於是我扯開應該還算得體的微笑，盡可能營造出一種「唉啊我順路來打個招呼」的氛圍。

在我開口之前，對方先說話了。

「喬安正在洗澡。」他側身讓出一條通道，「進來吧。」

「……好。」

我有強烈預感，接下來我應該會迎接一段坐立不安的尷尬時光，我只能祈禱這份時光靜謐到只剩下彼此的呼吸。

抿著唇我僵硬的走進客廳，以緊繃的狀態替自己找了最邊緣的位置坐下，光想像「兩個不熟而且關係完全不對等的人分坐在沙發兩側等待房間主人水靈靈的現身」的畫面我的身體就忍不住泛起雞皮疙瘩。

孟經理端了一杯果汁擺在我的桌前。

「謝、謝謝。」

「不用那麼緊張，我不會追問。」

但你的表情擺明就是讓我自己說啊。

你到底想要我說什麼？

說「嘿、我來這裡測試一下自己是不是有那麼一點喜歡孟喬安」，或者「我出門前一直在想孤男寡女的說不定會有什麼奇幻的進展」，不過要說奇幻，現狀確實也夠奇幻了。

我垂下眼，堅強的繼續營造「我無話可說拜託不要跟我搭話」的氣氛。

不過對方似乎完全沒把我的努力看在眼裡。

連「看在她這麼努力就成全她吧」的同情心也沒有。

「喬安不太擅長和女孩子相處，有點為難吧？」

你剛剛不是說不會追問嗎？

說謊的傢伙。

「還、還好……我跟他其實不到那麼熟……」

「妳不是第一次進來他的房間吧。」

什麼？

我好想回家，孟喬安那傢伙還不趕快出來，隨便沖一沖淋一淋就好了啊，洗個澡是要洗到整個水庫都乾涸才甘願嗎？

「我……」

「不過問這種問題似乎是踰矩了。」他挑起唇角，優雅的抿了一口水，「不用勉強自己回答。」

居然還裝出體恤我的模樣，你分明就已經從我的反應得到答案了好嗎？

捧起水我咕嚕咕嚕喝了大半杯，還反抗的別過身展現我的意志，我聽見水杯被輕輕放上桌面的聲響，身體不自覺顫了下。

「喬安每次提起妳都很愉快。」

「嗯？」我的防禦三兩下就被瓦解了，我有些不自然的覷著他，「是、是嗎？」

「妳知道喬安回台灣的理由嗎？」

「……理由？」

我突然記起孟喬安曾經說過，他之所以在孟經理面前提起我，起因就是「他為什麼回來台灣」的提問。

孟喬安把話題轉到社團上。但認真思考一下就能發現中間似乎有一段沒被補上的落差，社團的本身沒什麼扯著他非得回來不可的內容物，因此答案更有可能是「為了社團的某個人」。

某個人。

「嗯。」他輕哼了聲，臉上露出吊人胃口的玩味微笑，「我很想知道。」

這傢伙擺明是在玩弄我吧！

一口氣灌完水杯裡剩餘的開水，對面的人也不掩飾自己的惡趣味了，抿著唇壓抑的忍著笑，瞬間粉碎我對他的各種印象，我決定回去後立刻也粉碎怡真對他的各種幻想。

「其實我不是很想知道。」

「是嘛。」

浴室的門被轉開了。

終於撐過煎熬的時刻，我忍不住偷偷吐了口氣，只是成功人士跟一般人想的絕對不一樣，在我鬆一口氣的瞬間，他卻趁著我的鬆懈壓低聲音自然的拋出問題，彷彿他只是問問方才我一路走來天氣如何。

「喜歡喬安嗎？」

「嗯。」

我應了什麼聲？

晃動著腦袋我的表情幾乎帶上哀求，但孟經理沒有絲毫動搖，卻給了我一個保證的眼神，「我不會說的。」

這傢伙是腹黑屬性吧！絕對是腹黑屬性吧！

事到如今我除了相信他也無從選擇，陷入窘境的我晚了一百步才意識到踏進客廳的孟喬安光裸著上身，一副出水美人的模樣隨性的用毛巾擦拭著濕漉漉的頭髮，完全沒有懷疑我為什麼會站在客廳中央。

這種理所當然的姿態擺明就是要把我推往萬劫不復的深淵啊！

「你還要跟我吃午餐嗎？」

「不要。」

「我想也是。」

「門記得反鎖。」

「嗯。」離我一步之遙的兩個男人進行著彷彿來自異次元的對話，右邊這個似乎是決定先回自己的星球去了。不過離開之前他仍舊恪守禮儀把注意力移到我身上。「下次有機會再一起吃飯吧。」

我才不想要這種機會。

男人瀟灑俐落的轉身走出客廳，沒多久就傳來門被闔上的聲響，反鎖，第一時間我想到的居然是這個詞彙。

出水裸男。

不對，這不是適當的畫面。

「去把衣服穿上啦。」

「剛打完球很熱。」

「顧慮一下我的心情好嗎？」

「我的身材不好嗎？」

「這跟身材好不好沒有關係！」

孟喬安有些不置可否的套上了灰色棉質短袖上衣，下一瞬間卻把沾染水氣的毛巾圈在我的頸後，微微施力將我拉往他圈劃出的圓裡頭，半濕不乾的瀏海抵在我的額際，加劇了他已經讓人難以承受的存在感，沐浴乳的香氣融進我的呼吸，但我無暇顧及這一切，箝制住我的並非他的施力，而是屬於他的熱度。

「放、放開我……」

「我記得我對妳說過，讓一個男人進門就必須做好心理準備，踏進一個男人的房間也是一樣。」

「不要開玩笑了……」

「妳覺得我像在開玩笑嗎？」孟喬安的指腹有意無意刷過我的頰邊，「妳也會像這樣毫無戒心的踏進其他男人的房間嗎？」

其他男人。

孟喬安是什麼意思？

我猛力將他推開，無論是旖旎或者想像都消散無蹤，帶著怒氣我瞪視著孟喬安。

「生氣了嗎？」

「我不應該感到生氣嗎？」

其實這一瞬間我的心情非常複雜，儘管孟喬安的語句帶著讓人難忍的輕蔑意味，但他的口氣卻只是單純的玩笑，就算感到不爽快頂多也就打哈哈揭過去就好，畢竟大多數的人時常分不清什麼是不能開的玩笑，即使是起頭的他不對，只是在「成熟」的人眼裡，八成會指著我說反應過度吧。

「反應過度」之後緊接的狀況百分之九十九是一種困窘。

然而孟喬安總是踏往那令人沒有準備的百分之一。

他笑了。

能明顯讀出愉悅的那種笑。

「這種時候你笑什麼？」

「我的房間只有讓妳進來。」

「剛剛在這裡的孟經理不是人嗎？」

「嗯。」他沉吟了幾秒鐘，「那下次就不讓他進來了。」

□

總感覺我從踏進孟喬安屋內那刻起就陷入某個奇幻的次元，沒辦法簡單以一般的常識來理解此處發生的一切，無論是孟經理的崩壞，或是孟喬安跳脫邏輯的行為模式，甚至是現在、我居然一邊回味著方才他那句「我的房間只有讓妳進來」一邊竊喜。

我一定是瘋了。

忘記哪個人對我說過，陷入愛情裡頭的每個人都是瘋子，直觀的邏輯無法解釋身處其中的人們，在愛情裡頭的人甚至連自己也難以理解自己，縱使理智告訴自己迴轉，雙腳卻仍舊不聽使喚的往前跨去。

即使看見沿路的指標全都告訴自己這條路通往懸崖，卻因為對方在那裡，或者單純只是因為對方曾經說過那裡的風景很美，於是自己便也義無反顧的前行，只為了親眼目睹所愛的人曾經歷過的景色。

「……愛情？」

「妳說什麼？」

「沒、沒有。」

孟喬安替我把空了的水杯添滿水，我愣愣的注視著他精緻美好的臉龐，細微的顫動從指尖向上傳遞，我終於回想起自己來到這裡的目的，為了確認，但或許有些事從來要的就不是確認，而是承認。

我喜歡這個男人。

不過仔細想想剛才我就已經被孟經理套出答案了，也沒必要做作的表現糾結，重點又沒有觀眾。

「怎麼突然來找我？」

「本來是要幫你煮一下午餐啦，不過我突然覺得照片刪不刪都無所謂了。」

「是嗎？」

「又不是多糟糕的照片，而且，」我捧著玻璃水杯，冰涼感熨貼上掌心卻鎮靜不了我起伏的心緒，「就算真的是很糟糕的照片好了，我覺得，你不會做出傷害我的事來。」

「因為覺得我無害所以才不防我嗎？」

孟喬安沒有等我說話，彷彿野獸一般突然欺身而來，壓制住我的雙肩，以十足的霸道氣息逼迫著我的意志，灼灼的目光裡頭透著我不怎麼能明白的情緒，但我能清楚看見他幽黑眼眸中我的倒映。

我想，他理解這個世界的方式確實和我不太一樣，方才那段我主要想傳達的其實是「我相信你」，大概是線路接錯了，於是到他手裡卻轉變成「我覺得你很無害」。

無害又不是負面的形容詞，只是——

「水灑出來了……」

「我不在乎這種事。」

他拿走我手裡的玻璃杯，於是我的姿勢不得不演變成抵住他堅實的胸口，熱燙而染著水氣，我一定是瘋了，絕對是瘋了，扯住孟喬安上衣的雙手失控的將他往我的方向拉，我仰起頭，柔軟的唇瓣緊緊的貼上他的。

下一瞬間我的理智被接上線，驚恐的推開孟喬安，像驚弓之鳥一般的彈跳而起，迅速在兩人之間拉開三大步的距離。

「你、你不要過來！」

「這句話……」孟喬安纖長的食指蓄意的在柔嫩的唇上來回游移，挑起邪魅的漂亮的微笑，像逗貓一般緩步朝我所在的位置逼近，「該由我來說吧。」

「你再靠近一步，接下來發生的所有事我都不負責喔。」

「沒關係，我來負責也可以。」

「不要一直說這種會讓人誤會的話，你就沒有想過萬一我當真怎麼辦嗎？考慮一下我的心情好嗎？我的意志實在沒有你想像的那麼強韌，所以說呢，你往後退一步，讓我冷靜一下，我現在呢，處於可能會衝動做出某些我也無法預料的舉動的狀態，你應該多少也知道，從前我因為自己的衝動吃過多少苦，好不容易以為自己有點成長了，居然三兩下就又……總之，我先回家吧，有什麼話下次再說吧。」

孟喬安卻往左跨了一步完美阻擋我的去路。

「我只對妳說這些話。」他抬起手，溫柔的勾起我有些凌亂的瀏海，「如果妳當真的話，我會負責的。」

心跳好快。

我的手腳都在發軟，只能將身體的重量壓在冷硬的牆壁上，想嚥下口沫卻發現喉嚨乾渴到有些疼痛，我想移開眼卻動彈不得，就這麼直勾勾的盯望著孟喬安，狠狠的記下了這一瞬間他過於美好的微笑。

「就算妳只是一時衝動，」他低啞的嗓音緩慢的逸出，「我也——」

孟喬安將我攬進懷裡，未竟的話語飄蕩在半空中，我沒有追問的氣力，任憑自己靠在他的胸前，安靜的閉上眼，屬於心跳特有的震動感清晰的傳遞而來，我不能肯定我和他究竟處於什麼狀態，但說不定這樣也好，人總是需要曖昧的餘地。

「孟喬安。」

「嗯。」

「好熱。」

「我也是。」

但他還是沒有鬆開手。

彷彿時間會從此定格在這一刻，安安靜靜的，只剩下彼此心跳的聲音。

08 我們都在雨的裡頭聞著寂寞

毫無預警就下起雨來。

擦得晶亮的玻璃窗上劃過雨水匯集而成的河流，雨下得那樣大，連持續幾天的愉快心情都幾乎要被刷洗殆盡，我時不時張望著窗外，回過頭時總會無意吐出嘆息，然而我的嘆息減緩不了雨勢。

「突然嘆什麼氣？早上心情不是還不錯嗎？」

「我討厭下雨。」

「天氣才不會理會我們的喜歡或者討厭。」怡真伸了個懶腰，有些疲憊的繞著她的右手腕，「也不只天氣，大部分的人也不會在乎我們喜不喜歡又或討不討厭，所以只能想辦法自己振作起來。」

「但就算清楚這一點，偶爾也還是會犯一下中二病吧。」

怡真噗哧的噴笑，拉開抽屜扔給我一顆薄荷糖，她自己也抓起一顆薄荷糖扭開塑膠包裝將糖放進嘴裡。毫不留情的咬碎。

我總是習慣含著糖讓薄荷的沁涼慢慢滲進我的體內，但怡真恰好相反，對她而言既然要追求涼爽或者清醒就該一口氣讓這些成分竄上，對付賴床的人最省力的方法就是直接拎一桶水潑下。乾乾脆脆。

「再撐過半小時就下班了。」

「唉。」

接近結束的這最後半小時通常是最難熬的階段，焦急的想趕抵終點，但秒針卻還是悠悠哉哉的一格一格推進，彷彿我們越想往前走，時間就把滑動的速度放得更慢；大概這世間的一切都帶有這類的落差感，特別是感情，當一個人越加急迫的想獲得答案，現狀就會以更加撲朔迷離的樣貌展現。

我和孟喬安的關係也是。

對他沒什麼心思的時候他的表現簡直可以稱作一種侵略，但在我「略微表示」自己的感情之後，他對待我的策略彷彿一夕之間從積極侵略轉為無為而治；他起初霸道的吻或者欺身而來的撩撥都像來自遙遠的想像，這陣子的孟喬安總是笑得很溫柔，卻連牽個手的意思也沒有。

就連兩個人單獨待在密閉空間裡也安安全全的。

當然我也不是期待發生什麼不安全的狀況啦，只是我越來越分不清我和他究竟是往男女關係的方向前進，又或者一不小心就演變成彼此的閨密。我根本沒辦法肯定「沒有朋友」的孟喬安心底追求的到底是「朋友」還是「女朋友」。

差了一字就等於兩個世界。

「我先走囉，我姐今天要帶未來姐夫回家吃飯。」

「真好。」

「妳也加把勁啦，上次那個呢？如果沒戲的話介紹給我吧，我身邊根本沒那種菜。」

「嗯哼，妳到底是希望我加把勁呢，還是希望我沒戲呢？」

「到底是哪一邊呢……」怡真露出討厭的笑，但話卻在中途轉了個方向，「重要的是妳想往哪一邊走吧。」

說完她就乾脆的往另一邊離開了。

嘩啦啦的雨聲彷彿更大了些。

拖著步伐我往大門走去，不知道該不該慶幸早上選了雙便宜的鞋，但無論價值多寡，都是因為喜歡才會出手買下，而這份喜歡根本沒辦法以價格進行衡量。

雨季甚至還沒來。

「低著頭什麼都看不到吧。」

「嗯？」

慢了一拍我才抬起頭迎向聲音的來源，我詫異的啊了聲，眨了幾次眼才能肯定站在我面前的男人不是幻影。

最近他總是這麼溫柔的對著我笑。

「你怎麼會來？」

「妳不是討厭下雨嗎？」

但你也是吧。

想這麼回應卻忍下了。

「為什麼不先打電話給我？說不定會沒遇上。」

「等不到人就回家。」孟喬安有些無所謂的聳了肩，「打了電話就會有一種我特地來接妳的感覺吧，但本來就是我自己想過來。」

「歪理。」

「嗯。」他還是笑著，「走吧。」

我和他一人撐著一把傘不怎麼說話的走著，這份安靜在喧囂的雨聲裡頭帶著一種難以說明的異質感，卻正因為這份異質感加深了這趟路途的印象，我想我會牢牢記住的並不是劇烈的雨聲，而是兩人之間的沉靜。

因為他，下著大雨的日子或許會開始變得不那麼難以忍受。

「為什麼討厭雨天？」

「嗯？」

「我爸媽離開台灣那天剛好下了一場很大的雨，連道別都很倉促，雖然只要想見搭個飛機就能見到，但大多時候我都一個人生活，不知道什麼時候開始，我發現雨的味道會滲進房間裡面，這裡和那裡到處都是，一意識到這點就讓人感到很不舒服，這種時候就會突然希望有哪個人能在我身邊，接著我就會想起，我的身邊並沒有一個能夠立刻來到我身邊的人。」

「現在，還是嗎？」

「也許是，也許不是，因為自己多少能承受一點，已經不像過去覺得哪個人都好，只要有人來陪我就好。」孟喬安大概是笑了，又或者沒有，雨聲太大我沒辦法分辨，「剛回台灣那陣子我住在孟祈遠家，他家養了一條很活潑的狗，堂嫂也是靜不下來的人，就算連續下了幾場大雨，我的心情也不會太過低落，但看見孟祈遠雖然總是嫌他們吵，卻掛著我從來沒在他臉上看過的笑容，我好像有點明白了，一個人身旁的空位就算能被很多人填補，但也只會有一個存在能夠完全嵌合那個空位。」

而那個存在是沒有人能夠替代的。

我明白。

咬著唇我的思緒飄離到了遙遠的南端，印象中總是豔陽高照的高雄那天卻下著滂沱大雨，狠狠的撲打著我的每一吋肌膚，把疼痛一針一針刺進我的體內。

前男友在我們交往的第三年調職到了高雄，和每段遠距離戀愛的開場一樣，我們信誓旦旦的說著不會動搖、不會被距離拉遠，但或許將兩個人拉開的從來就不是距離，而是寂寞。

我和他從起初的頻繁聯絡到每週一兩次的通話，比起愛大概更近似一種習慣，我總是說服自己他不過只是忙碌，卻始終消弭不掉內心逐漸瀰漫的不安與猜疑；我想，總是要設法安定自己的心情，不能任由自己的不安讓關係產生裂縫，既然他忙那麼就讓我走到他的面前，於是我一個人搭上了長途客運，從北端來到南端，從沒有他在的城市來到他在的城市。

卻沒有預想過，他的城市並不需要我的來到。

灰濛濛的雲籠罩著天空，我的笑與熱切凍結在他踏出門的瞬間，前男友的手牽著另一個人的手，臉上明豔的燦爛笑容是我再熟悉不過的顏色，我既沒辦法上前質問，也克制不住自己跟上他們的雙腳，我就這麼一個畫面一個畫面狠狠的記下。

然後下起了雨。

連一秒的反應時間都沒有預留，豆大的雨珠就這麼傾盆而落，毫不留情的撲打著我的身軀，曾經仔細呵護著我的男人摟著另一個女人的肩快步衝進店家躲雨，而我卻連躲開雨的機會都沒有。

最後我提了分手，前男友居然還以不敢置信的態度質問我是不是移情別戀，但那時的我實在太過疲憊，連另一個女人的存在都沒有力氣掀開，消極的任由他將想像加諸於我，毫無抵抗的替他背負了背叛愛情的重量。

然後，我將這份疼痛與無力轉嫁給一場又一場的雨。

我不想恨一個自己曾經深深愛過的人。

「孟喬安。」

「嗯。」

「下次再告訴你吧。討厭雨天的理由。」

「好。」

「我……」

我的話語被電話響音打斷，沒有紀錄的號碼，我蹙起眉並不是很想接起，但孟喬安順勢走進最近的騎樓讓我方便接起電話，於是我就自然而然的按下通話鍵。

陌生的女性嗓音拋出了學長的名字，又說了一間醫院的名字，電話另一端的嘈雜完全不輸給包覆著我的雨聲。

掛了電話後我愣愣的抬起頭望向孟喬安。

「學長現在在醫院，護士說他出車禍人還沒醒來。」

□

我和孟喬安沒有多做思考就趕到了醫院，甚至沒辦法考慮「為什麼護士會打電話給我」這個問題。

抵達醫院後卻沒有預想的焦急，方才打電話給我的護士臉上甚至帶著淺笑，要不是刺鼻的藥水味在在提醒我確實在醫院，差一點我都要產生懷疑了。

「只是輕微的腦震盪不用太擔心，應該差不多要醒了。」

「嗯。」我茫然的盯望著她的背影，「……為什麼聯絡我來？」

「因為從他手機的通訊錄判斷不出來哪個是他的家人，所以我就重撥了他最後一通打的電話。」

最後一通電話。

但我從頭到尾沒有接過學長的電話啊。

轉過頭我下意識望向身旁從我接到醫院電話後沒吭過聲的孟喬安，他面無表情的看著不知名的前方，抿緊的唇似乎透露出些許不悅。

不悅？

「孟——」

「最裡面那床就是了，有什麼問題就按鈴。」

「好，謝謝。」

忙碌的護士帶我們走到門邊就轉進隔壁病房，我正準備要繼續方才沒有問出口的話，卻再度被打斷。

這次是孟喬安本人。

「我在外面等妳。」

「你不進去嗎？」

「嗯。」

「好吧。」想想也沒錯，孟喬安跟學長一點都不熟，要是我也不想被不熟的人撞見狼狽的模樣，「等學長醒了，聯絡他家人之後我們就可以回去了。」

「嗯。」

我踩進有些昏暗的病房，最裡側的病床被簾子阻隔開來，學長的私人物品濕答答的披在一旁，他的臉上還有幾道看起來有些淒慘的擦傷，我把腳步放得更緩避免驚醒他，但走到床前之際他恰好悠悠轉醒。

學長花了幾秒鐘才完全清醒過來。

「……筱恩？」

「你先不要動。」我阻止他想起身的動作，「你好像出了車禍，護士因為找不到學長家人的電話，所以打電話聯絡我過來。」

不必仔細思考就能發現這句話有很大的問題。

所以學長很自然的皺起眉。

「她還說了什麼嗎？」

「護士說你有輕微的腦震盪，應該會有點不舒服，但沒有大礙，好好休息就好。」

「嗯，謝謝妳特地過來。」

「這沒什麼啦。學長要打電話給家裡的人嗎？你還是需要有人照顧吧。」

「沒關係的。」他扯開有些虛弱的笑，「躺一下就好，妳先回去吧，外面也差不多都暗了。」

「可是……」

「不用可是了，我又不是小孩子，而且也沒什麼事，妳快回去吧。」

「好吧。」

我又瞄了他一眼，學長用眼神趕我回去，但我總感覺他的神情有些頹喪，我一邊往外走一邊卻又覺得不該把學長獨自扔在醫院，無論有沒有大礙，再怎麼說他都是一個剛出了車禍的傷患。

總感覺有點可憐。

不知為何我突然感到有點唏噓，當初學長是那麼一個閃耀無比、而我拚命想追尋的存在，但現在我居然想著他有點可憐；學長和過去並沒有太大差別，我猜想，那層耀眼的光芒或許正是所謂的喜歡吧。

現在我眼底的光芒覆蓋在另一個男人身上。

「學長醒了。」

「是嘛。」

「那個……」咬著唇我有些猶豫，但想到學長孤單躺在病床上忍耐的模樣我就有點不忍心，「你先回去吧，放他一個人待在這裡，我覺得有點過意不去。」

孟喬安深深的望了我一眼。

他的眼神莫名讓我有些心慌。

「嗯。」

「回家之後我會打電話給你。」

「妳記得吃晚餐。」

「好。」我用力的點頭，「我陪你到大門吧。」

「不用了，妳早點回家就好。」

□

學長看見再度折返的我臉上帶有詫異，但很快就換上了輕淺的微笑。

「有沒有人跟妳說過，這種心軟不是一個好習慣。」

「小雅好像說過。」我把從便利商店買來的便當擺在他面前，「不過她也說過不心軟就不是張筱恩了。」

「確實是這樣沒錯呢。」

「多少吃一點吧。」

「謝謝。」

「撞上你的車子好像跑了，護士讓你記得報警，『肇事逃逸的人不能放過』，她是這麼說的。」

「不過我也該負責任就是。」

「發生什麼事了嗎？」話才問出口我就有點後悔，旋即晃了晃腦袋，「不用回答也沒關係啦，我只是覺得你的精神好像不是很好，但也可能是因為身體不舒服所以臉色有些蒼白。」

「護士跟妳說過打電話給妳的原因嗎？」

「嗯……」我不很自在的點頭，最後一通撥出的電話，但我這邊明明連來電顯示也沒有，「好像有吧。」

「妳還是一樣不擅長說謊。」

我只能乾笑。

「我下午打過電話給妳，但才剛撥出去我就切斷了。」他斂下眼，似乎默默嘆了一口氣，「因為心情很低落，無論如何都想找哪個人說說話，又並不是任何一個人都可以，然後我就想起妳了，如果是妳的話應該會聽我說，而我也願意告訴妳；但我立刻就覺得不行，這麼多年都沒聯絡，頂多也就上次偶然碰見說了幾句話，我居然想把沉重的負擔交給妳，實在是太自私了，而且對妳也不公平，只是沒想到，最後我還是……」

學長一直都是這樣的人。

非常溫柔，到了關鍵時刻卻有點軟弱，又有點自私。

從他所說的這些話我多少能猜到當初他是清楚我的感情的，卻沒有戳破也沒有拒絕，甚至放任我的喜歡萌芽滋長，對我而言這就是傷害的主因；假使他無論如何都不願意成為一個自私的人，他根本就不會說出這段話。

他明白我的心軟。

當然也就清楚當他攤開了自己的痛苦，我就會伸手設法給他一些支撐。

他沒有變。

其實我也沒有改變多少。

但把一切看明白之後，每件事卻也都變了。

「只是聽你說話，也不算幫上什麼忙，如果願意說的話，我會安靜聽你說完的。」

「我……」他望了一眼卻又有些痛苦的轉開，我不知道他心底經歷了多少峰迴路轉，但結果都是相同的。「謝謝妳。」

於是他低啞的拋出言語。

從上次我和他的偶遇開始。

他和交往兩年多的女友從幾個月前就出現了問題，裂縫或許更久之前就存在了，但兩個人一直處於既不想放棄這段關係、卻也不願意面對問題的逃避狀態，裂縫自主的癒合這種事當然不可能發生，兩人的關係最終必然會走到不得不直視裂面的處境。

在公園偶遇的那天他提了分手，但女友遲遲沒有回答。

他知道兩個人的關係已經到了回不去也修補不了的程度，但能不能修補與願不願意放手從來就是兩回事，於是他和女友在接下來的日子裡不斷相互撕裂、相互傷害，彷彿非得到彼此都一敗塗地的地步才肯罷休。

到底是怎麼了？

他不止一次問著自己，卻總是重蹈覆轍，大概到了這種地步他才體認到自己和女友居然如此相似，倔強又懦弱，他們都在等對方當那個捨棄這段關係的人。

「我今天下午和她分手了，但心情卻複雜到讓人難以承受的地步，所以就有一點犯傻吧，想著說不定讓雨用力打在身上自己就能清醒振作一點，不過好像一點用處也沒有。」

「至少你沒有因此感冒。」

「說的也是。」

「所以，你不是在一個最糟糕的狀況裡，這樣想起來，會不會愉快一點？」

「好像不會。」

但他長長吁了口氣之後卻笑了。

非常複雜的那種笑。

「護士能把電話打給妳，大概是我最大的運氣吧。」

09 該相遇的人，最後終究會相遇嗎？

雨持續了很長一段時間。

幾乎讓人以為黴菌會從身體的哪個角落冒出來，厚重的雲層終於散開，日光憐憫的灑下溫暖，我用力的吸了一口氣，儘管還帶有雨的濕潤，卻也揉進了屬於太陽的味道。

真好。

「我還以為雨會沒有盡頭的一直下到我年華老去。」

「太浮誇了。」

「我一點都不覺得浮誇。」

「算了我不想跟妳討論這個。」小雅抿了口還冒著熱霧的紅茶，但比起茶的本身她似乎更沉浸在茶的香氣裡頭。「妳跟孟喬安到底怎麼樣了？」

我愣了一瞬。

正要端起馬克杯的手在途中遲疑了三秒才碰到冰涼的把手，但這細微的停頓早已被納進她的視野，小雅挑起形狀漂亮的眉尾，不繼續追問但空氣中卻瀰漫著滿滿的壓迫。

關於孟喬安我稍微提過一些，但大抵是輕描淡寫的「有空的時候會見一下面」，或者「因為住處離得不遠所以無聊時會和他吃個飯」，雖然跟事實有那麼一點點出入，但大方向來說也沒有謊報。

雖然我是個普通的上班族，不過主業是買賣股票的孟喬安在我空閒時都滿有空的，所以基本上我下班後就會和他見面，當然在外頭見過幾次面人就會變得有些懶散，我和他的住處也真的是挺近的，結果最後就會在他家或我家隨便吃點什麼，然後再找些消遣度過無聊的時刻，偶爾，當然，並不是很頻繁的偶爾，會有那麼一點不想回家，自然而然就留宿在對方家裡——

不過實在是沒必要談得如此鉅細靡遺。

一旦據實以告，小雅斷然會拋出我心底最大的渾沌：所以你們，到底交往了沒？

沒有。

雖然我終於能確定我和孟喬安不會走往閨密路線，但居然到了這種地步都還沒有討論到交不交往，其實我也非常不安，有好幾次我都差點要脫口而出「你到底要不要跟我交往」，卻總是懸崖勒馬，在更大的不安邊緣扯住自己的衝動，萬一，他回答「不要」呢？

那還是早點斷念比較好。

我明白，比誰都明白，一邊明白卻一邊放任自己的糊塗，我這才察覺自己對孟喬安的感情已經超出了喜歡，並且還持續的往更深處傾斜。

然後我繼續懷抱著鴕鳥心態，安慰自己「反正現在這種狀態跟交往也沒兩樣了啊」。

這種糟糕的決定當然沒辦法跟小雅吐實。

「我跟他就、就那樣啊……」

「那樣是哪樣？」

「就……沒什麼太大的進展，不過狀況滿穩定的。」

「穩定？」小雅拉高的質疑聲音刺進我的耳膜，但如果真搗起耳朵我八成會被攻擊。只能忍耐了。「妳以為妳和孟喬安是交往五年還十年的情侶嗎？無論是從曖昧到交往，或是從交往到結婚，想要跨過另一個階段就必須存在著刺激！」

「我比較喜歡走恬淡的路線……」

「是刺激不是激情！」小雅很沒形象的翻了白眼，「簡單來說就是要有推彼此一把的力量，妳以為妳是高中小女生有資本可以曖昧到天荒地老嗎？」

我也知道。

但唯一我能想到的推力就是由我主動打破現狀，然而我的不安成為我最大的阻礙，不到萬不得已我八成還是會安於現狀走一步算一步。

假如抽離來看，我也會想踹自己。

「不然……」

「妳的表情好可怕，不要用這種表情看我！」

「反正都是成熟的大人了，想辦法發生點什麼，兩個人之間很快就可以升溫了吧，就算沒有，反正也能滋潤一下自己。」

「妳、妳……我不要聽，我才不要聽這些。」

妳這種論點會讓我的自信心一步步邁向瓦解。

而且我跟孟喬安的進展遠比妳以為的還要——

還要更滋潤。

「我去洗手間。」

「想逃跑嗎？」

「對。」

坦率的面對自己的懦弱不是件壞事，逃跑也可以執行得非常積極，我一點都不覺得可恥，但我才剛站起身，玻璃門上的風鈴就叮叮噹噹的響起，注意力不自覺被拉往門的方向，卻迎上話題主角的視線。

另一邊的小雅突然笑得滿懷惡意。

「還去洗手間嗎？」

「突然不想了。」

於是我只能再度坐下，孟喬安卻沒有如預期一般走近，而是轉往吧檯挑了個角落坐下，連聲招呼都沒打。

是「保留我的私人空間」呢，還是「不想踏進我的私人空間」呢，鼓著雙頰我大口灌下半杯甜膩膩的棉花糖拿鐵，但糖分並沒有消弭我的不安，確實是不安，孟喬安一直都很好，兩個人相處起來也沒有太大的問題，然而我和他之間始終缺了一份肯定。

因而我只能不斷的尋找線索來「決定」我所要相信的答案。

「欲擒故縱嗎？」

「孟喬安嗎？」

「不過他需要做這些嗎？張筱恩，妳直接去找他。」

「我就不能欲擒故縱嗎？」

「兩個人都等對方來抓最後只會誰都沒被抓住，快去，我先走了。」

「欸——」

話才剛說完，小雅就拿起提包離開座位，清脆的門鈴再度叮叮噹噹的響起，兩個人都等對方來抓最後只會誰都沒被抓住，小雅說得沒有錯，但我很想告訴她，我並非不願意伸出手，事實上手也試著往前伸了幾次，只是每到那刷過他衣襬的邊緣時，我總是怕落空。

總是怕、他不願意讓我抓住。

猶豫了幾分鐘之後我還是揹起包包往孟喬安走去。

背對著我的他並沒有發現我的接近，注視著他的背影我突然有短暫的恍惚，而恍惚之後緊接而來是瞬間的失去心神。

於是我輕輕靠上他的背。

「筱恩嗎？」

「不是。」

「但我只對張筱恩有興趣。」

他輕笑時的震動撫上我的右頰，我拉開距離後他順勢轉身面向我，極其自然的伸手貼上我的雙頰，親暱的吻了我的額際，彷彿方才那個連聲招呼都沒打的人從來就不是他。

混亂總是從這些錯合之處竄出。

「你為什麼不跟我打招呼？」

「我以為我還是個秘密。」

「女人之間哪會有什麼秘密，而且小雅是我最好的朋友。」

「下次我會打招呼的。」

「但你為什麼會來四季？」

「因為覺得妳可能會在這裡。」

「嗯哼。」抿著唇我極力遏制自己的竊笑，甜言蜜語這種東西，就算是假的也會讓人感到開心。「是喔。」

「我想妳了。」

他說。

然後揚起非常美好的微笑，彷彿整個午後的陽光都落在他的臉龐一樣、閃閃發亮。

□

我們、到底、算什麼呢？

最近我思索這八個字的頻繁程度大概能讓我連做夢都能流暢的說出口，但處於清醒狀態的我卻每每讓卡在喉頭的聲音再度被吞嚥而下，化作一抹略顯尷尬的笑，繼續躲回安全的平衡裡頭。

遲早我會爆發。

如果有哪個分配標籤的人，大概會在我的額頭上用力貼上「高度危險活火山」的標籤，緊張的在我的四周牽起警戒線，並且迅速撤離方圓百里的人群。

「唉。」

「嘆什麼氣？」

還敢問，就是因為你。

早上洗臉的時候還發現好幾根新長出來的白頭髮，都是因為你這個遲遲不表態的傢伙！

你說啊！快說啊！一個男友該做的你都做了，到底有沒有要真的讓我貼上「張筱恩」的標籤？如果沒這打算單純只想讓我陪你打發時間，至少也得表現出不負責任的輕佻吧，老是端著這種溫柔好男友的態度，要不乾脆就——

「沒事。」

「妳這陣子有點奇怪。」

你還問！

真的要逼我爆發嗎？

「錯覺吧。」我沒有誠意的笑了兩聲，「不過也可能是因為我心裡擺著一個很困難很困難的問題……」

「什麼問題？」

「我們，像這樣……」到底算什麼呢？「老是待在家裡好像不太健康。」

「早上妳說不想出門。」

「就是反省過後才覺得這樣不行啊。」

「那妳想去哪裡？」孟喬安托著腮玩味的瞅著我，我默默別開眼，不太想承認光這樣我的心跳就開始加速，「動物園嗎？」

「上星期才剛去過。」

「妳不是很喜歡那隻獅子嗎？」

那是因為你在我身後圈著我的腰，頭又親暱的靠著我，我覺得那個姿勢挺好的所以才硬生生盯著懶洋洋的獅子半小時。

不過這種小心思是不能說的。

「對那隻獅子的喜歡上星期一口氣用光了。」

「是嘛。」他狀似同意的點了兩下頭，話鋒卻猛然一轉，「那對我的呢？」

想套我的話嗎？

要不，直接一口氣攤牌吧！

但——

「目前看來一個星期應該不會用光。」我擠出一個甜膩膩的燦爛笑容，「看你有多喜歡我，我就會有多喜歡你。」

我可是費心替你搭起一個華麗的舞台，趕快順勢傾露出你內心的想法吧。

快、一、點！

「嗯……那在妳的心裡，妳覺得我有多喜歡妳？」

什麼意思？

是想告訴我「其實我沒那麼喜歡妳」嗎？

好可怕，接下來的發展好像會往不好的方向前進，現在反悔說不定還來得及，暗自捏了下大腿，張筱恩妳這個膽小鬼，但下一瞬間我選擇了積極的逃避法，伸出手我抱住孟喬安，決定結束這回合。

我好沒用。

「隨便到哪個地方亂晃吧，曬曬太陽也好。」

「筱恩……」

「嗯？」

「沒什麼。」他拉著我站起身，把披在椅背上的薄外套遞給我，「先把外套穿上，有什麼東西要拿的嗎？」

「幫我拿一下桌上的手機跟零錢包，應該不會花什麼錢吧……怎麼了嗎？」

「沒事。」他把手機和零錢包遞給我，短暫的停頓之後他接著說：「好像有未讀的訊息。」

「訊息？」

低頭查看手機確實有一則跳出螢幕的未讀訊息。

學長傳來的。

但我現在沒有想讀的心情。

自從學長在醫院「吐露」心聲後我就對他懷抱著複雜的心情，即使他正陷於痛苦之中，一向心軟的我卻生不出太多的同情。咎由自取。無論他摀著胸口忍受著多大的痛苦，都改變不了事實。

當初放任我的喜歡，甚至助長了喜歡，我都能夠說服自己不要去恨他，但我卻忘不掉在他和另一個女孩交往之後居然還能輕快的向我介紹，我始終想不透，他究竟是高估了我對他的喜歡，認為我能寬容這一切，又或者根本從不在乎我的喜歡。

事過境遷我也不想知道答案。

也不想和他有更多的交集。

「走吧。」

「不看嗎？」

「晚一點再看就好，應該不是重要的事。」

「是嘛。」

孟喬安牽起我的手往門外走去，而我繼續思索起他的心意，有一搭沒一搭和他聊著無關緊要的話，走了一大段路我才突然想起來，他總是極具耐心的等著我準備好，無論目的地在哪裡他從來不會催促我，然而今天他卻直接牽著我往外走。

我抬頭望向他的側臉，又看了眼兩人交疊的手，卻無法辨別空氣中隱約飄送的異樣感究竟來自哪裡。

「你在想什麼？」

「雖然說隨便到哪個地方亂晃，不過正因為沒有目的地，反而在每一個岔路都要考慮挑哪一邊走，而且還不只有左邊或右邊。」

「反正地球是圓的，不管怎麼繞都會走到同一個地方。」

「該相遇的人，最後也還是會相遇是嗎？」

「嗯？」我偏著頭想了一下，不太知道話題怎麼會岔到這邊，但還是點了頭，「是吧。」

孟喬安的唇邊泛開溫柔的微笑。一如既往。甚至比平時更加溫柔。

我所感受到的異樣感，我想，大概只是錯覺吧。

□

「一直想當面好好謝謝妳，這個週末有空嗎？想請妳吃個飯。」

我瞪著學長傳來的訊息，來回寫了幾種回覆的開頭卻又全部刪掉，我在腦中演練過幾次拒絕的方式，卻都能被輕易攻破。

學長出院之後曾經打過一次電話給我，不過是簡單的道謝，沒有值得在意的地方，畢竟我也不認為我所做的事有多需要被掛在心上，而我也就真的不放在心上了；卻沒想到隔了幾個星期，居然收到這樣的訊息，想當面好好謝謝妳，聽起來就很沉重。

不過我也清楚，他的個性大概就是得「做點什麼」才能把這整件事放下。陪他吃頓飯是最直接了當的選項。

但我不想。

我真的不想再跟他有更多的瓜葛了。

「妳的臉都快皺成一團了，這樣容易長皺紋。」

「因為很煩吶。」

「怎麼了？主任又發作了嗎？他最近不知道發什麼瘋，所有事情都能挑出問題來。」

「跟主任沒有關係，是一個我認識的人。」

「所以是怎麼了？」

「反正就前陣子誤打誤撞幫了對方一個忙，也不是多大的事，一開始他也打了電話來說謝謝，我覺得這樣就差不多了吧，但前天又收到他的訊息，說要請我吃飯當面道謝，問題是我不想去吃這頓飯，也覺得沒有什麼好謝的，但想了好幾個拒絕的說詞都感覺會被反駁……他大概就是想要個心安吧，但我就覺得很煩……」

「我懂……」怡真臉上露出有點嫌棄的表情，同情的拍拍我的肩膀。「那種人就覺得麻煩別人就需要做點什麼來道謝，完全沒考慮自己想表示謝意這件事也會造成別人的困擾，這根本就不是表達謝意。」

「那我該怎麼拒絕？」

「要嘛就拖吧，說妳很忙，拖久了說不定對方就覺得算了，不過如果真的很不想跟對方繼續糾纏的話，老實說忍耐一頓飯是最乾脆的，就挑個很快就能吃完走人的地方，讓對方謝完就當解任務吧。」

我重重嘆了口氣。

用力瞪著手機螢幕，最後還是認命的輸入回覆，週末，思緒轉了一圈，假日容易讓人感覺時間很有餘裕，倒不如約個下班後，草草吃過飯就能找個藉口離開，既然要速戰速決那就明天吧。

「週末我有行程了，明天晚上七點左右可以嗎？」

手機才剛被我扔開就又響了一聲。

「好。預訂好餐廳後我會把地址傳給妳。」

速度真快。

木已成舟也沒有反悔的機會了。

「不過，是男的嗎？」

「嗯。」

「你們家小孟不會吃醋吧？」

「小孟？」我警戒的目光掃向怡真，我總是那傢伙那傢伙的喊，她怎麼知道孟喬安姓孟？「妳怎麼知道他姓孟？」

「這麼緊張做什麼？也是，是該緊張一點，該抓住的就好好抓住。」

「妳還沒回答。」

「之前妳電話響的時候我稍微瞄了眼來電顯示啦……誰叫妳前陣子神神秘秘的，都被我碰上好幾次了，甚至還在妳家遇見，妳居然就忍住不說，我只好自己收集一下訊息啦。」說到後來她反而露出我不夠意思的表情，「但知道名字也沒什麼用，『反正就有點曖昧啦』，妳想用這個說詞敷衍我多久？」

曖昧。

我現在有點討厭這兩個字。

「我也不想『只有這套說詞』好嗎？」

「啊、我不小心戳中痛處了嗎？」

「蔡怡真！」

「不過趁這次刺激一下小孟也好，讓他知道妳身邊也不只他一個男人，說不定就激出他的勝負慾，兩個人一口氣就在一起了。」

刺激。

小雅也說過相同的建議。

但仔細想想，一個「我曾經迷戀過的男人」確實是個非常大的刺激。

只是，兩個人之間非得要利用另一個人才能往前進一步嗎？

「愛情最危險的就是搖擺不定。」怡真彷彿讀出我的心思，按壓釘書機的聲音異常清脆，「不管是妳，或是他，又或者這段關係本身，搖擺不定都是很危險的一件事，就像我們要過河，方法就是踩過河中央那顆石頭，如果是顆很穩當的石頭，只要我們測量準了距離、好好的助跑，基本上都能跳過河吧。但萬一那顆石頭在妳踩上去的瞬間稍微晃了一下，不管妳前面花了多大心力進行測量，又或者練跑了多久，拉了多長的助跑距離，都還是會在石頭晃動的那一瞬間摔進河裡。如果沒有把握那顆石頭是穩的，我寧可想其他的方法過河，又或者乾脆放棄過河。」

「嗯……」

「該怎麼說呢，以前也會覺得反正就賭啊，放棄了多可惜，而且我也不想當一個膽小的人，說不定就算我掉進河裡對方也會來救我，可是一次兩次的掉進河裡之後，結果除了受傷除了被沖遠，其他就沒了。」她淺淺笑了下，「我不是要潑妳冷水，但是，曖昧很容易讓人掉進去，因為裡頭的不確定會讓人擁有美好的想像，但讓人掉進河裡的也是這份不確定，所以妳啊，曖昧的差不多就要確定彼此的狀態了，不管妳有多喜歡對方，拜託妳先考慮自己。」

「幹麼突然這麼嚴肅啦……」

「妳心虛什麼？」

「才沒有。」

「逃到最後總會撞牆的。」她幸災樂禍的冷哼了聲，「別以為妳的頭會比牆還硬。」

□

才剛拐過彎就看見穿著整潔的修長男人等在店家門口，我的腳步有一瞬的停滯，他總是這樣，明明能在餐廳裡頭等著卻願意冒著風站在外頭，彷彿他多麼熱切的期盼自己的到來，我也曾經因此而感動不已；然而我隔了很久才明白，如此的溫柔不過只是他的一種習慣。

人都是自私的，總會希望自己能夠擁有一份專屬於己的溫柔，不僅僅屬於自己的，從另一端看來就等於不屬於自己。

我突然想起孟喬安。

清冷的他懷裡的溫柔彷彿只給了我，但我卻不能肯定。

我不喜歡東猜西猜的自己，然而如同怡真所說的話，一次兩次的掉進河裡之後，比起得到教訓倒不如說是懂得害怕了，我總是一股腦就把全部的喜歡擺到對方手裡，假使對方掌心一翻，我就什麼也不剩了。

所以我才會自私的想先確認孟喬安的感情再捧出我的喜歡。

輕嘆了口氣，變得成熟偶爾也不是件太值得慶幸的事。

無論腳步放得多緩，我還是走到他的面前，扯開輕淺的笑，擺出不疏離但絕對不親近的態度，小雅說得對，人不應該再去見任何一個自己愛過的人，因為對方倘若不是個遺憾，就是個錯誤。

要和遺憾或者錯誤友好的共進晚餐確實不是件輕鬆的事。

「學長等很久了嗎？」

「我也才剛到。」

跟在他身後走進餐廳，似乎是他很熟悉的店家，服務生將我和他帶到窗邊的位置落座，恰到好處的笑容讓人感到非常舒服。

但視線一拉回來，就又陷入不那麼舒服的狀態裡了。

「其實，今天是我的生日。」

「嗯？」

剛端起玻璃水杯的手愣在途中，我在腦海裡瘋狂找尋相關的訊息，接著比對今天的日期，確實，這個日子我明明擺在心上好幾年，那時的我總是想盡辦法套問他的生日願望，就算我忘了是個事實，一旦解釋就像欲蓋彌彰，何況今天還是我挑的日子。

我怎麼會犯下這種低級錯誤？

「我都已經做好一個人看著電影台打發的預備了，看來，我該感謝妳的事又多一件了。」

不需要。

何況要是真的想謝我，拜託從此不要再聯繫。

我不想當一個無情的人，但我和他之間也沒剩多少情分可言，認真說起來，他能如此大剌剌說出這種話，也滿讓人敬佩的。

「只是湊巧……」

「凡事都從湊巧開始不是嗎？」

「大概吧。」

「我一直相信人所遭遇的每個湊巧背後都有深意，再說，湊巧的次數多了，或許就會成為一種必然了。」

但也有一種湊巧稱為不巧。

我嚥了口冰涼的水蜜桃水，隱約的甜味繞在舌尖，放下水杯時我忽然有點想笑，幾年前的我絕對設想不到有一天我居然會抗拒和他坐在同一張餐桌旁，我也料想不到，當初在走廊拉起跌倒的我卻沒被我擺在心上的男孩，如今會成為我想抵達的目的地。

我想他了。

即使昨天才見過，但我還是想他了。

「現在有交往的對象嗎？」

「什麼？」

我愣了一瞬，有些不自在的扯開笑，卻沒有回答他更多的意思。

不過他似乎解讀成「沒有」了。

「抱歉，問得太唐突了吧，但不知怎麼就脫口問出來了。」

「沒關係，每次聚會都會被問。」

接著他又轉了話題，我有一搭沒一搭的應著，順便把食物塞進嘴裡，但說實話我根本沒什麼食慾，甚至有一種我正在咀嚼的其實是尷尬的錯覺。

明天我一定會肚子痛。

不過前提還是得先撐過這一餐。

「張筱恩？」扭過頭我迎向叫喊的源頭，突然有一種所有的不巧都集中在這間餐廳的感覺，「……學長？我還以為自己看錯了呢。」

「好久不見呢，真巧。」

「真的『好巧』呢。」

我好想把手上的湯匙扔往對方那張曖昧的臉。

整個社團的人都知道當初我有多迷戀學長，幾年來的聚餐也總是被一再拿出來調侃，甚至有好事的人特意想讓我們兩個「重逢」，但只要有學長要出席的風聲，平時調侃我最不遺餘力的小雅和湘婕便會合力阻止我出席，一次兩次之後也就沒人自討沒趣了。

然而連聚會都不願意和學長碰頭的我此刻卻被目睹和他單獨用餐，不需要多好的想像力都能預料即將會有多精采的八卦了。

我絕對會被小雅和湘婕綁起來祭天。

又說了幾句話，對方很「識相」的向服務生要了另一側的座位，但正因為他的識相更突顯了他的誤會。

「還真是巧，幾年都沒遇過的人，這陣子卻接連碰上，想想也滿神奇的。」

「大概吧。」

「筱恩。」

「嗯？」

「下次，我還能再邀妳一起吃飯嗎？」

10 我怕，回過頭卻發現你已經不在

用力的把整個人甩在床上，強烈的虛脫感旋即席捲而來，毫不留情的抽去我所有精神。

為什麼沒能拒絕他？

我無奈的吐了口長長的氣，明明整晚都在心裡腹誹他的溫柔根本才是刀刃，轉眼自己卻又鄉愿的給了他曖昧的回應。

那種狀況下，沒有拒絕就幾乎等於同意吧。

「張筱恩妳這個笨蛋！」

「明明赴約是為了以後不必再見，結果呢，居然變成這種八成會有下一次的狀況，倒不如一開始就惡意拖延，拖到天荒地老反正也就那樣了……」

電話再度劇烈震動起來。

還沒離開餐廳電話就瘋狂響起，毫無意外是小雅，接著是湘婕，彷彿參加大隊接力一樣兩個人交互打來，我無奈的轉為震動模式，但在我蓄意逃避之下參加大隊接力的人員似乎又多了幾個；不知道幸還不幸，我的電話實在震動得太過頻繁，反而讓學長主動提出結束晚餐，只是好不容易撐過這一邊，我完全

沒有力氣去應付另一邊。

震動突兀的靜止了。

電量終於耗盡，等著等著總能等到這一刻的。

緊接著劃破寧靜的是門鈴聲。

「不會吧……」

我豎起耳朵仔細聽著門外的動靜，門鈴只響一聲就停了，也沒有人拍門喊叫，我又等了一會兒，依小雅的性格忍不了那麼久，於是我躡手躡腳的移動到門邊，還不忘掛上門鍊，小心翼翼的拉開一小條細縫，但門外卻空無一物。

「陷阱嗎？」

「是我。」

「啊——」

「嚇死我了。」

突然躍入視野的是孟喬安。

鬆了一大口氣之後我解開門鍊乾脆的將門拉開，還沒來得及抱怨就猛然被他拉進懷裡，擁抱的力度彷彿我和他已經好久好久沒有見面，我深深聞著他的味道，一種清新的沐浴乳香味，也許想念的濃度從來就跟時間無關。

「怎麼了？」

「妳的電話打不通。」

「啊……」我有些心虛的把頭埋進他的胸口，小聲的解釋著，「大概是沒電了。」

「沒事就好。」

仰起頭我討好的望著他，總感覺他的臉有些緊繃，是因為擔心我的緣故嗎？因為放不下心所以直接跑來找我嗎？

斂下眼我有些開心的笑了。

「妳看起來很開心。」

「有一點。」

「遇上什麼好事了嗎？」

「秘密。」

「是嘛。」

「嗯。」我重重的點頭，又瞄了他一眼，本來以為今天見不到他了，真是糟糕，我好像真的越陷越深了。「你今天不是有事嗎？」

「提前結束了。」

「那你……要留下來嗎？」

「改天吧。」孟喬安斂著眼溫柔的將我散落的頭髮勾到耳後，「應該累了吧，妳早點休息。」

「好吧。」

孟喬安深深的望了我一眼，似乎還想說些什麼，但最後只化作一抹淡笑，輕輕落在我的心尖。

他真的就這麼回去了。

轉身走回房間，猶豫了幾秒鐘還是抓起手機，接上行動電源後再度開機，從二十幾通未接來電裡按下小雅的名字回撥，連一聲都還沒響完電話立刻就被接起。

「張筱恩！」

「我知道妳要說什麼啦，明天再好好跟妳解釋，我現在也覺得很煩啊，相信我，我真的迫不得已才去的。」

「妳跟孟喬安解釋過了嗎？」

「什麼意思？」

「妳跟學長吃飯已經不是最重要的部分了。」小雅濃重的煩躁彷彿要從電話彼端透過來一般，「有人把孟喬安加進群組，而且他、他好像全部都讀過了。」

我立刻翻出群組訊息，最下列已讀的顯示裡真的有孟喬安的圖樣。

方才他緊繃的表情隨之跳了出來。

——妳看起來很開心。

——有一點。

——遇上什麼好事了嗎？

——秘密。

「筱恩、張筱恩，妳有在聽我說話嗎？」

「小雅……」我煩躁的耙亂了瀏海，「剛剛孟喬安來找過我。」

「那妳有好好跟他解釋嗎？」

「沒有……我什麼都沒說……」

「妳先打電話給他吧，畢竟……」小雅突然把話止住，我很清楚，她想說的是，畢竟當初他也親身體會過我有多迷戀學長，「總之說清楚吧，有什麼事就聯絡我，我電話不會關機。」

「好。」

結束和小雅的通話之後我立刻撥了孟喬安的號碼。

然而另一端卻反覆傳來相同的冰冷語調，您的電話將轉接到語音信箱，我無力的掛斷電話，他並不是關機而是不接電話，或許這就是他給我的回應吧。

他給過我機會了。

但既然來了為什麼不直接問呢？

大概，我和孟喬安始終都有著如此的落差吧，各自懷抱著揣想，遞出各自的試探，然後得出各自的答案。

明明比誰都清楚這樣不行，卻總要等到失足時才在墜落之中深深感到後悔。

「明天好好解釋就好。」緊緊將電話握在胸前，我堅定的告訴自己，「把話說開就沒事了，不會有事的。」

我們，會好好的。

□

七點不到，我有些不管不顧的就跑到孟喬安家門前按下門鈴，儘管不想將他吵醒，但疑慮隨著時間會逐漸發酵，我不敢設想拖到下班後又會演變成什麼狀態。

何況，群組裡頭的對話仍舊熱烈的進行著，我越是說明，反而讓想像更加膨脹，好幾度我都差點傳出「我喜歡的是孟喬安」的字句，卻又怕我一意孤行將他推上舞台會惹來他的反感，結果只能跳出這場集體想像，等著火苗熄滅。

大概，所謂的過去總會在某一個自己無能掌控的瞬間猛然燃起一場熊熊大火，試圖焚毀好不容易得來的平靜。

門被拉開了。

「吵醒你了吧。」

「怎麼了嗎？」

孟喬安的臉色並不是很好，我垂落在身側的雙手不由自主的握緊，咬著唇突然說不出我一路上準備好的說詞。

不知為何，我忽然委屈了起來。

為什麼我非得整晚輾轉難眠，天才亮就開始數著時間，一路上還心神不寧的想著自己該如何解釋，又要怎麼安撫他的心情；然而終於見到他之後，整夜困著我的擔憂與焦躁一口氣落了地，取而代之的是另一種複雜的情緒。

有什麼好解釋的呢？

為什麼我非得解釋不可呢？

他為什麼不問呢？

「昨天晚上你回去之後我打過電話給你。」

「嗯。」他低啞的應了聲，「看到之後太晚了，我想妳大概睡了。」

「是嘛……」

「一大早來，有什麼事嗎？」

「本來有，但突然覺得好像不那麼重要了，對不起，一大早就把你吵醒。」

斂下眼，我的視線定格在他的胸口，深藍色的棉質上衣上任何圖樣都沒有，不管怎麼拚命看那都只是一片深藍，掩在那片深藍後的他的心也是如此，無論我多麼想明白他的感情，卻什麼圖樣也讀不出來。

試探久了，什麼也都不那麼真了。

「小雅說我應該來跟你解釋，和學長吃飯的事。」

我頓了下，等著他的回應，或者任何質問，但兩個人之間卻只剩下安靜的呼吸。

「我昨天也看了群組裡的討論，也實在太誇張了。」我逼著自己扯開笑，彷彿我的到來打從一開始就是莫名的衝動。「你也讀了吧。」

「嗯。」

「除了吃飯那部分，其他都是——」

「妳不需要解釋這些。」

「嗯？」

「我不在意。」

你不在意。

孟喬安對我說他不在意。

「也是，不過就吃個飯而已……」

「就算妳想和他進一步交往，也不用太在意我。」

「你說什麼？」

「妳沒有承諾過我什麼，所以妳也不用怕傷害我。」

清冷的嗓音緩慢將話語拋出。

分明是那麼熟悉的聲音，分明是平淡沒有起伏的神情，但為什麼讓人感到這麼陌生又這麼冷酷呢？

「是嘛……」

我不知道這時候我怎麼還能撐開笑，但我仍舊試著在他的雙眼裡頭尋找一點勉強或者憤怒，但幽黑的雙眸卻清冷無波，彷彿我的存在從來就激不起一絲波瀾。

大概，是真的不在意吧。

說不定我就只是他消解寂寞的對象吧。

「我差不多該去公司了。」

「嗯。」

我強撐著讓自己維持穩定的步伐，一步一步往前走，再往前走一點就好，拐過前面的彎他就看不見了。

拐過彎就好。

但當我終於讓自己轉進巷子裡頭，體內的所有力氣彷彿一口氣都被消耗殆盡，咬著唇我用力摀住嘴巴，任憑淚水洶湧而出卻怕自己發出聲音。

這個早晨，實在是靜得過頭了。

□

我開始避開曾經和孟喬安一起走過的街道。

卻怎麼也躲不了沾附了滿滿屬於他的氣味的房間。

花了一整個週末進行大掃除，能洗的衣服被單都洗過一次，地板和浴室也仔細刷洗過，噴了半瓶的芳香劑還買了新的薰香，但完成這一切之後我站在房間中央愣了很長一段時間，孟喬安的味道沒了，我的心底有一塊也跟著沒了。

孟喬安還不知道我很喜歡他。

小雅說我應該讓他明白我的感情，無論他的真實心意如何，我總是把話說得清清楚楚了，也就不會在未來的某一天突然感到後悔。

然而湘婕堅定的否決，孟喬安都無所謂到那種地步了，根本沒必要再聯絡，表明心意不過就只是再一次將自己的自尊甩到地上，句點本來就應該由我們自己來畫下，一心想著從對方身上要到句點，就會成為藕斷絲連的開端。

假使夠堅強，或許我還能繼續和孟喬安維持著不上不下的曖昧，無論是排解寂寞或是單純想沉浸在曖昧之中，孟喬安說不定都無關緊要的揚起溫柔的笑，輕輕的將我擁進懷裡；事實上我也差點下了「即使如此只要還能得到他的溫柔就好」的決心，但心臟的疼痛阻止了我，像是喝斥我「現在都已經這麼痛了，妳還想越陷越深，讓自己越來越痛嗎」，結果我就卡在既不能泰然自若的走到他面前、也無法俐落的甩開他的不上不下之中，拚命尋找能夠轉移注意力的各種事來做。

「這就是所謂大人的戀愛嗎？」

「真不想長大……」

更煩躁的是學長開始試著拉近距離，三天兩頭傳來訊息，即使內容都是一些無關緊要的問候或者閒聊，但就算再遲鈍也能明白一個男人突然熱絡的對待一個女人到底懷有什麼意圖。

男人都這樣嗎？

不久前才一臉痛苦的訴說前段感情的痛苦，頭一扭就能擺出懇切的模樣試圖拉近距離。筱恩真是個溫暖的人。說不定就是因為如此，無論是寂寞的人或是需要安慰的人，好像都理所當然的朝我伸手，彷彿我因此就會握住一樣。

當初拚命在他面前揮動雙手為什麼恍若未聞？

但我彷彿一次又一次重蹈覆轍，不管在誰面前揮動雙手結果都一樣，我似乎有點理解自己提出分手時前男友眼底的不可置信的來由了，大概是他內心深處深深相信著「無論如何筱恩都不會離開我」吧，他首先考慮到的不會是他自身的背叛，而是我違背了他的信念。

然而，沒有一個人是絕對不會離開的。

前男友在分手之後還糾纏了好一陣子，彷彿他真的以為我只是因為被冷落而耍性子，甚至他還邀了親友當眾求了婚，在他拿出戒指時眼底並不是愛戀也不是懊悔，而是「這樣總可以消氣了吧」的讓步。

我想他興許一輩子都不會明白，也不會原諒我當眾拒絕了他的求婚，甚至不顧他的顏面宣告我和他早在幾個月前就已經分手，都是我的錯，因為張筱恩不應該會是先放棄愛情的那一個，於是他總是一再的把感情當作籌碼，以為能換來所有的一切。

然而他所想要的一切，早就被他一次又一次的揮霍殆盡。

伸了個大大的懶腰，像要把胸腔裡所有空氣都擠出來一樣的吐了口長長的氣，一個人待在家裡只會讓思緒以更加混亂的方式旋轉，何況即使消弭了屬於孟喬安的氣味，但他落在每個位置的影子卻總是浮現在腦海中，找不到抹去的方法。

順手拿了鑰匙和錢包就轉身走出房間，但才跨出門檻卻又湧生一股茫然，人一旦選擇逃避，其實剩下的選項就非常有限，假使以避開曾和孟喬安一起走過的路為前提，我就只能被困在路中央進退不得了。

只好選一條不那麼常走的路。

但走了兩步我又轉了方向，理智反覆警告自己不要，可雙腳卻又不聽話的往孟喬安住處的方向移動，我沒有勇氣主動走到他面前，也等不到他的聯絡，唯一能讓兩個人以稍微自然的姿態面對面，也就只有「偶遇」了。

結果不知不覺就又繞進附近的公園裡頭。

真沒用。

「死纏爛打到讓他喜歡上我不知道可能性有多大……」

「筱恩？」

人總是在冀求湊巧的時候碰上不巧。

不自覺蹙起眉，我實在很不想抬起頭，但空曠的公園也沒有假裝沒看見的餘地，我只好揚起不太自在的笑，擺出自己正要離開的模樣。

「好像遇過一次之後，就會連著遇上好幾次呢。」

「說不定也不只是這樣，最近我很常來這裡，總感覺特別能讓人放鬆，也有一點能碰上偶然的期待感吧。」

「能有個讓自己覺得放鬆的地方也滿好的。」

「是啊，而且還能在這裡遇見妳。」

看樣子這地方我不能再踏進來了，而且正處於「微失戀」狀態的我完全沒有精神應付他，而且我也不想讓他產生任何期盼，因為我什麼都沒打算給他。

「我差不多該回去了。」

「我送妳吧，反正我也只是來散散步。」

「這樣太麻煩你了，而且我還要去辦點事，今天天氣難得那麼好，學長就多走幾圈曬點太陽吧。」

「果然是太久沒見了嗎？」

「嗯？」

「總感覺妳變得太客氣了一點。」

「大概是因為長大了吧。」我輕輕泛開笑，我不想留給他任何想像空間，「對我來說，這樣的距離感比較適當一點。」

他征了一會兒，卻沒有太大的動搖。

可能，在他心底我始終脫離不了那個總是在他身旁打轉的女孩，所以現在我的疏離也不過是一時間的生疏罷了。

我忽然感到有些好笑，我總是透過試探來揣測孟喬安掌心中的答案，但無論是眼前的男人或者是我的前男友，卻毫不理會我攤開的答案，自顧自的填上另一個錯誤的以為。

真不知道哪邊比較棘手。

「那麼，我就慢慢彌補時間造成的距離感吧。」

我很想告訴他，這世間並不是所有事物都能被彌補的，但他八成聽不進去吧。

於是我不置可否的笑了。

又道了一次別，這次我斷然的轉身，沒有絲毫停頓便邁開步伐往前移動，忽然我想起孟喬安總是會目送我離開，無論我走到哪裡，只要還沒拐過彎，一回頭始終能看見他佇立在原地的身影。

他還是在原地。

無論我的疏離或者親近，他都以相同的姿態站在原地，其實我心裡並不那麼怕他不見，只是害怕自己無論如何上前他都文風不動。

我跟認定張筱恩不會離開的他們又有什麼兩樣呢？

重重的嘆了口氣，愛情，我安靜的想著，卻怎麼都會繞到孟喬安的身上。

我想走到河的對岸。

卻不知道該怎麼做才能過河。

二 我在來的路上，湊巧遇見了你

在我設想之中最不可能發生的狀況此刻正在我的眼前上演。臉上掛著笑的孟喬安坦率又自若的踏進我的房間，沒有絲毫拘謹就往床邊坐下，還對僵在一旁的我擺出納悶的表情，朝我招了招手，而我居然乖乖的走到他面前。

他伸手一拉，我毫無防備的跌坐在床上。

「才幾天沒來，房間的味道好像不太一樣了。」

「大、大概是薰香換了的關係。」

「聽說女人只要一談戀愛，房間就會有很大的改變。」他側過身忽然施力將我壓在柔軟的床上，隔著相當近的距離注視著我，「所以你們開始談戀愛了嗎？」

「什麼？」

「看來好像還沒發展到那個地步……」孟喬安輕輕撫著我的臉頰，噙著笑卻讓人看不清他的情緒，他似乎總是那樣擅長藏匿起自己真正的感情。「不過對我來說應該算是好事吧。」

我茫然的望著眼前的男人，還沒能消化我身處的情況，而我的心跳不能控制的劇烈跳動著，我的戀愛沒有進展對他來說算是好事，咬著唇我幾乎要把所有的精神都用來思考這句話的涵義。

「你先放開我……」

「我覺得這樣說話滿好的。」

他似乎一點都不打算改變這個曖昧的姿勢。算了。要這麼說話就這麼說話吧。

「為什麼突然來了？」

「突然。」他輕挑著右眉，意味深長的複誦這兩個字，「上星期前我們還天天見面呢。」

「孟喬安，我……」

「一個人實在太無聊了，所以就來找妳了。」

因為、無聊嗎？

我的手不自覺抓緊衣襬，告訴自己那只是一個藉口，就像我設法製造的偶遇，不過是為了替自己的自尊尋找一個適當的平衡點。

至少他來了。

然而孟喬安卻以溫柔的口吻殘忍的打破我的自以為是。

「所以在妳開始談戀愛之前，妳還是能抽出一點時間來陪我吧。」

「……這是什麼意思？」

「放心，我不會纏著妳的。」

「在你眼中，原來我是這種女人。」冷意從我體內最深處竄出，指尖無法克制的顫抖起來，但我的口吻超出我想像的冷靜，彷彿我正在談論的不過是件與我無關的事。「可以一邊和你維持這種曖昧的關係，又可以同時追求和另一個人的愛情……不過，我一直都不是那種聰明的女人，也沒辦法把心臟分成兩半，如果你只是想排解無聊的話，我大概，沒辦法陪你繼續下去了。」

我伸手推開孟喬安，緩慢的坐起身，不知為何此刻我想的居然是「週末又得大掃除了」。

孟喬安踏進來的瞬間，這裡、那裡就通通都沾染上他的氣味了。

捏緊雙手，我逼自己揚起笑容，不去看自己空空落落的胸口，也不去想自己早已不能收回的喜歡，側過頭我對上他的雙眼，唯一我還能設法留下的就只有我的自尊了吧。

「這幾個月我過得很開心，不過這種開心沒辦法長久持續下去吧，何況好不容易出現戀愛的機會，總是要想辦法抓住才行。」

「是嘛。」

「嗯。」我轉了話題，也移開了視線，「新買的薰香是柑橘系的複方，之前用的一直是玫瑰精油或者茉莉精油的單方，本來我一直認為越簡單的味道越好，但太過簡單總是會讓人一眼就看穿，結果就被歸類成好掌控或是能隨意對待的那類人了。」

站起身我走往窗邊，壓制住自己的顫抖。

我不喜歡此刻的自己，但我更不希望落在孟喬安心底的張筱恩是個沒有自尊的女人。

「聞得出來薰香裡除了柑橘還混進什麼嗎？」沒有等他回應我就自顧自的說了下去，「店員明明仔細介紹過了，但我還是記不起來，就算能記住，那也不是靠著嗅覺能分辨出來的，這樣說不定比較好，這樣才會被人擺在心上，時不時的想著那裡頭到底混進了什麼成分。」

我深深的呼吸。

沒有轉身看向他的意思。

「對我來說你一直像是成分複雜的複方，散發著好聞的味道，也會讓人想探究裡面究竟混進了什麼內容物，只是，並不是所有美好的香味都適合自己，而且不知道內容物的香味聞久了，總會產生『這到底對我好不好』的疑慮……」

我閉上眼，強迫自己拋擲出冷硬的言語，「我很喜歡你喔，但跟你排解無聊的心情一樣，長久下去並不是件好事，因為太久沒談戀愛了，所以一下就陷進這種曖昧的關係，不過曖昧終究只是曖昧，和愛情之間隔了一段沒辦法跨越的距離。」

「我不應該來的，妳想說的是這個意思嗎？」

我沒有回答他的提問。

「等一下我和人有約，可能沒時間陪你了。」

「嗯。」

孟喬安輕輕應了聲，沉默的凝滯中我的意志幾乎要支撐不住，說不定只要他多說一句話，我就會違背所有理智拉住他；然而他到底沒有說話，移動的步伐劃破了沉默，卻也在離去之後留下了更深的沉默。

我無力的滑坐在地。

淚水無法克制的滑出眼眶，摀著臉我拚命忍耐著哭泣，體內的哀傷卻洶湧而來。

既然他沒有打算給我任何愛情，那麼我就應該果斷的放開手，我沒有做錯，我也必須這麼做，我已經沒有太多餘地能夠承受這些疼痛了。

妳已經不是能義無反顧的小女孩了。

所以、這樣就好。

總會過去的。

□

「想用糖把味覺弄壞嗎？」

我有些失神的連續舀了三匙糖加進咖啡裡，正舀起第四匙時被看不下去的小雅制止了。

然而三匙糖和四匙糖的差別不過只是過於甜膩與太過甜膩而已。

「反正我本來也就喝不出咖啡的好壞，至少甜不甜還能說上一點意見，不只喝不出咖啡味，薰香的味道我也聞不出來，八成我的戀愛感也壞了，居然還以為對方說不定有一點點喜歡我……」

「停！張筱恩妳是決定要自暴自棄了嗎？」

「這種事不需要我決定。」

「妳真是——」小雅想罵我卻又化作一聲嘆息，「這樣真的好嗎？」

「什麼好不好？」

欲言又止的小雅最後還是把話吞了回去。

我當然也明白這樣不好，但無視他的態度自顧自的把感情遞出去也不會比較好，一邊是有落下遺憾的可能，另一邊則是會讓人落下自尊；人所面臨的大多數困境都如此兩難，假使能找出兩全其美的解方，也就稱不上困境了。

小雅和湘婕恰好站在選項的兩端，她們的相互攻訐恰如我體內的拉扯。自不自尊是一時的事，遺憾卻要背負一輩子，就算丟了臉大不了往後都不見孟喬安就好，畢竟他也不是那種會大肆宣揚的類型。小雅這麼說。

孟喬安的態度都已經擺上檯面，切割兩人感情的話我也已經說完，兩個人之間的聯繫等於是斷了，只要我花點時間慢慢沉澱，這份喜歡就會和過去的每一份喜歡一樣被消化殆盡；裝完瀟灑卻又轉頭回去挖心挖肺，比第一時間就抱著對方大腿更加難堪。湘婕這麼說。

但今天湘婕沒來，指針就稍微往表明心意的方向偏了些。

「反正妳先冷靜一段時間再說吧。」

「嗯。」

「我今天把剩下的話說完，之後也不會再說服妳了，畢竟身為旁觀者說什麼都不負責任。」她又嘆了口氣，「我只是怕妳在哪天會突然開始想著，既然妳可以假裝妳只是想要一份短暫的曖昧，說不定他也只是用打發無聊作為藉口來鞏固自尊……那時候的妳再也得不到答案，越是得不到答案的問題，人就會花費越大量的心力去思考，跟學長帶著女朋友到妳面前、或者撞見那傢伙勾著外遇對象不一樣，妳沒有一個足夠堅定的證據來證明妳和他確實不能繼續往下走，就算妳列舉了九十九個理由，但只要有一個『如果』，那就會變成妳的遺憾；當然人活著不可能沒有遺憾，也可能會像湘婕說的，萬一回頭表明心意反而更難堪，結果也是得由妳自己去考慮哪一邊的重量比較重。對我來說難堪也是一個句點，比起往後的動搖我更想要一個乾乾脆脆，不過湘婕可能寧願遺憾也要給對方一個瀟灑的印象，這些，都只是選擇而已……反正，不管妳選哪條路，我和湘婕都會陪妳往下走。」

「我知道。」感激的看了小雅一眼，捧起變涼的咖啡喝了口，不由自主皺起眉，下一秒卻噗哧笑了出來，「好甜。」

「還能笑就好。」

「雖然我的戀愛運不是很好，但朋友運還滿不錯的。」

「能這麼樂觀也算好事，妳……訊息嗎？」

「好像是。」我掏出塞在背包口袋的手機，瞄了一眼不自覺鼓起臉頰，「又是差的戀愛運。」

「誰啊？」

「學長。」

「你們還有聯絡嗎？妳不是說就只是吃個飯應付完就沒事了。」

那是為了避免麻煩我才把整個故事歸納成重點大綱，他還接連傳來訊息甚至不死心試圖邀我去參觀展覽或者看看電影這類瑣碎的旁枝末節我就乾脆的省略了。

而且我也把醫院聯絡我的理由隨意推給「陰錯陽差」，別說更早之前在公園的偶遇，或是之後再度不巧又遇見一次，全部，都被我省略了。

「吃完飯之後他又傳了幾次訊息……」

「張筱恩！」小雅不敢置信的瞪著我，忽然像是通電一般把某些情節一口氣串連起來，「妳不要跟我說之所以放棄孟喬安是為了學長——」

「不是，絕對不是，這點我可以保證，不要說什麼舊情了，我現在一看到他的訊息就覺得很煩。」

「既然如此就不要藕斷絲連。」

「我已經打算要找一天好好的把話說清楚，但就沒有力氣去應付這些……」

「不要找推拖的藉口。」小雅一把搶過我的手機，飛快的回了訊，連讓我阻止的餘地都沒有，「我替妳約了他，啊、回了，他說好，等一下他就會過來四季。」

「等一下？」

「對。」小雅敲了我的額頭，「人都需要餘地，但在愛情裡，這種餘地只是一種殘忍。」

小雅話說完就離開了。

我又續了一杯咖啡，這次一匙糖都沒加，滑進體內的是連一點甜膩的邊都沾不上的苦澀，簡直像個隱喻，即使端上桌的是相同的內容物，卻由於加進的砂糖量不同、入口的溫度不同，甚至是在喝之前是不是食用了其他東西，都會左右最後的味道。

然而我始終掌握不住品嘗咖啡的最佳時機，甚至不能確定哪一個味道才是「最好的」，愛情也一樣，也許確實存在著最好的一份愛情，卻沒有人能夠肯定。我們能判斷的，或許也就只有「這份愛情我覺得不好」吧。

門鈴叮叮噹噹的響著。

朝聲音望去，卻迎上他過於明亮的神情。

此刻他臉上掛著的笑容，或許正是一種期盼的展現，但那並不是我能給出的東西。

過去的我，也是以如此的表情希冀他的回應吧。

那麼，孟喬安眼底的我，同樣帶著如此的神情嗎？

「等很久了嗎？」

「沒有。不好意思，突然找你出來。」

「沒關係。」他拉開椅子坐下，動作流暢得彷彿經過多次的演練，反而先等在這裡的我，表情顯得太過生硬。「有什麼話要對我說嗎？訊息裡提到的。」

「嗯。」斂下眼，我的視線落在玻璃水杯旁凝結而成的水珠，「雖然傳個訊息也能讓你知道，不過有些話我想還是當面說清楚會比較好，至少，換作是我的話會希望被這樣對待。」

「筱恩……」

「說不定只是我會錯意了，但我還是怕自己會不會不小心給出讓人誤會的表現——」

「筱恩。」他加重語氣打斷我的話，幾秒鐘的停頓後他扯開一個帶有些許勉強的微笑，「妳沒有會錯意，但我也沒有立刻要得到回應的意思，很多事都需要時間，我也願意再往後退一些……我明白過去的我讓妳感到失望，但我不想重蹈覆轍，筱恩，能不能不要那麼快就給出答案？」

我輕輕的搖頭。

抬起眼安靜的望向他。

「即使再等上一段時間，我的回答還是一樣，既然如此，就不應該讓你的期盼加深，也不應該任由你白費力氣，我比誰都清楚這一點。」

「筱恩，我知道過去——」

「跟過去沒有關係，過去的就已經過去了。」

「那麼……」

「我的心裡已經擺進另一個人了。」

所以放不進其他的感情。

我不夠聰明，也沒有太多的餘力可以同時在兩段感情當中周旋，即使只是讓另一份感情在我身邊擺著，我也沒有力氣能夠負荷。

「所以，你心底的期盼，無論是什麼，我都實現不了。」

「原來我和妳的湊巧，還是來遲了一步。」

我沒有答腔。

感情大多時候和先後順序無關，要說起來，對於眼前這個男人的單戀是我的初戀，誰都來得比他更遲；能夠相愛的人，不過只是在湊巧到來的瞬間便伸手拉住彼此，不讓對方成為錯過。

不讓對方成為錯過。

孟喬安的臉龐盤旋在我的思緒各個角落，我內心某處正緩慢崩塌，眼前的男人對我說湊巧來得太遲，但我並不後悔，也沒有任何遺憾，因為過去的我早已嘗試過各種努力，儘管摔得慘重卻也能夠把感情放得乾乾淨淨；然而我對孟喬安的喜歡並沒有比較淺，卻連追尋學長百分之一的努力都沒付出，小雅讓我思考未來會不會遺憾，可我心底卻已經醞釀起後悔的漩渦。

答案，始終擺在中央。

而我卻別開眼蓄意繞開。

「謝謝你特地過來一趟。」

「這種事，不用放在心上。」

「雖然現在說這些真的晚了很多，但我當初真的很難過也很受傷，即使如此，我也沒有後悔過喜歡你這件事。」

我給了他一抹輕淺的微笑。

可能，有些時候句點就是如此輕盈的落下，沒有轟轟烈烈，卻深深的滲入心底。

□

我朝他所在的地方前去，卻徘徊在最後一個路口。

夜的顏色比想像更深，街燈的冷白光線灑落在仍舊揮散著屬於白日的熱氣的柏油路上，從路口右邊的街燈走到路口左邊的街燈，再從左邊的街燈走回右邊的街燈，來來回回，既無法旋身折返，也凝聚不了足夠的勇氣向前。

當初那個能不管不顧的在喜歡的人身邊打轉的張筱恩什麼時候不見了？

或許，那份無所畏懼也一起掉進河裡了。

「張筱恩，快點往前走，既然都已經決定要把話說清楚了，早說晚說都得要面對的……」

往前踏了兩步我又止住步伐。

「可是，沒有做好心理準備的話，說不定又會像上次一樣為了保護自尊又說出不該說的話……」

我胡亂晃著腦袋，簡直就像出現什麼問題一樣，路燈的冷白又加劇了鬼魅感，假使有哪個人突然經過，八成會戒慎恐懼的繞開我。

乾脆丟銅板吧。

「張筱恩，是妳嗎？」

「啊……」我猛然回頭，迎上的卻是意料之外的人，「孟經理……？」

「晚上一個人在路燈下打轉，這種興趣讓人印象非常深刻。」

這個傢伙百分之百是腹黑屬性。

不過，看他來的方向，約莫是剛離開孟喬安住處——

正猶豫著要如何將話題「不突兀」的帶到孟喬安，沒想到先開啟話題的卻是他。

我都忘了，我和他之間除卻孟喬安之外哪有什麼話題好聊。

「去找喬安嗎？」

「也不算是……」

「我還以為在路中央打轉是妳的興趣，原來是我誤會了，妳因為猶豫不知道該不該去找喬安吧。」

為什麼這個傢伙可以用一種很知性的口吻扔出殺傷力如此強大的句子？

他八成是老天擺在終點前的大路障。

「妳需要一個理由，是吧？」

「我——」

「你們兩個人之間的事與我無關，但我不介意成為那個理由。」

「什麼意思？」

他似笑非笑的瞥了我一眼。

卻忽然轉開了話題。

「我從小被教育想要的東西無論要用什麼方法都要設法得到，但喬安卻被一再告誡不屬於他的就不要奢想，妳明白之間的差別嗎？」

我不明白。

彷彿帶有很深的涵義但我一時間參不透。

「妳先回去吧。」

我有些呆愣的瞪大雙眼，這個人剛剛不是才貼心的說「我不介意成為那個理由」嗎？怎麼不到三分鐘，話鋒一轉就讓我回家——

「理由，我會替妳找的。」

「我……」輕輕搖了頭，我深深的吸了口氣，「沿途我替自己找了很多理由才走到這個路口，我確實也需要讓我跨過路口的理由，但我忽然覺得自己太捨近求遠了……我喜歡孟喬安，這件事本身就已經是最大的理由了。」

我堅定的看向他。

「我現在要去找孟喬安。」

「我能明白妳的心意。」他卻伸長腿橫了一步擋住我的去路。「但還是希望妳先回去。」

「為什麼？」

「妳是一個很勇敢的人，只是感情是兩個人的事，妳能為了愛、為了喬安努力一次兩次，但妳有把握一直這麼獨自努力下去嗎？」

「我……」

「先回去吧，我說過我能提供妳一個理由，就算現在的妳不需要，但喬安說不定需要。」

「你該不會是變相讓我不要自取其辱吧？」

「妳還真善良。」他忍不住笑了出來。「這種時候應該懷疑我是不是試圖阻礙你們才對吧。」

「所以你是在阻擋我嗎？」

「我喜歡未雨綢繆，比起拔出已經扎根的樹，一發現萌芽就立刻捻斷更省力。」大概是察覺我的茫然，他很貼心的進一步說明，「我要想阻擋你們來往，妳和喬安就不會走到這一步。」

我像小學生一般乖巧的點頭表示理解。

和最終大魔王打好關係很重要。

「那我就先回去吧。」

「張筱恩。」

「嗯？」

「喬安雖然擅長藏匿感情，但一點也不擅長說謊，所以有想問的問題就乾脆的提出來吧，真想得到答案的話，就連他的迴避也不能容許。」

「你真的是孟喬安的堂哥吧？」

「因為我是，才跟妳說這些話。」

「那他……」我的視線有些飄忽，絞著手不太自然的將話繼續下去，「對我有沒有那麼一點、喜歡……？」

他輕輕挑起眉。

「我走了。」

「什麼？」

然而他毫不拖泥帶水，瀟瀟灑灑的旋身離去，凝望著他逐漸縮小的背影，突然羨慕起如此果斷俐落的他。

——真想得到答案的話，就連他的迴避也不能容許。

他總是一針見血。

「你喜歡我嗎」，其實只要問出口就能清楚明白孟喬安掌心中擺的究竟是逗點或者句點，我的迴避不過是為了保全我內心的期盼。

我不想要得到句點。

——妳能為了愛、為了喬安努力一次兩次，但妳有把握一直這麼獨自努力下去嗎？

即使能咬牙將句點塗黑拉長延伸為逗點，一次兩次，總會有哪天再也沒有力氣拿起筆，孟經理說的，感情是兩個人的事，回頭他大概會設法讓孟喬安主動上前攤開他的掌心吧。

「是逗點、還是句點呢？」

「好想知道、卻又好不想知道。」
大概，這便是所謂的曖昧吧。

12 我們、回家吧

安安靜靜的度過三天後，連續放晴幾天的天空不期然落下了豆大的雨滴，我望著撲打而下的雨，發現自己第一時間想起的不再是前男友背叛的畫面，而是孟喬安撐著傘朝我走來的笑靨。

人心易變。

而我們從來就不能肯定這些改變究竟是好是壞。

正要張開傘，孟經理忽然喊住了我。

不那麼久以前，他也是如此突兀的向我搭話，隔了很久我才明白，他的目的不過是將我留下，等著孟喬安從雨的另一端帶著傘來。

「那天，你也是這樣莫名其妙的和我說話，然後孟喬安就來了。」

「今天的雨似乎沒那麼大。」

「記憶裡的雨總是大了一些。」像那場我揮之不去的滂沱，也像那天遲遲不停的綿延，「但這場雨還真是突然。」

「我送妳吧。」

「不用了，我有帶傘──」

「我叫的車來了。」

抬起頭我的目光投向他彷若刀刻般的側臉，儘管交談過幾次但我仍舊屬於與他無關的人，因而他施加於我的舉動都必然有所計算。

此刻我所擁有的一切之中，能引起他興趣的大約也只有與孟喬安的關聯吧。

「上車吧。」

他拉開車門，沒有任何解釋，無論是言語或者動作都散發著一種強勢，卻沒有勉強我的意思，他希望我照做但我拒絕他也不會試圖阻止。

於是我上了車。

門被闔起的聲響並不大，卻還是惹來我的輕顫，雨嘩啦嘩啦的甩下，依然喧囂卻由於隔了一扇車門倒讓人有些置身事外的距離感。

車慢慢的滑行，速度緩得不可思議。

「我剛才傳了訊息給喬安。」他毫無預警的劃破沉默，我詫異的轉向他，他的視線卻落在窗外被雨瘋狂澆打的街景，「我說又看見妳沒帶傘，只是這次妳沒有站在大門前面遲疑不定，而是毫無遮蔽的打算直接走回去。有點恍惚。我還斟酌加了點形容詞。」

我沒有接話。

或許不得不加油添醋才能激起孟喬安前來的動力。

畢竟我和他連曖昧都在那番話之後被切割得乾乾淨淨了。

「既然如此，不是應該要我照著你的說法淋雨回去嗎？」

「要是我這麼對待一個女人，喬安堂嫂會生氣的，說不定還會讓狗跳進我的衣櫃睡午覺。」

這是一種有趣的笑話嗎？

儘管我不太理解他的幽默，但我還是乾笑了兩聲。

他瞥了我一眼，臉上一閃而過的溫柔表情又回到起初那種讓人看不透的淺笑。

「人總是會憑主觀印象來判斷對方說的是不是實話，而不是試著尋找事實來驗證對方說的是不是實話，喬安是這樣，」他的語調清清冷冷的，「妳也是這樣。」

孟喬安心裡留有我曾經迷戀學長的印象，因此他輕易就信了我想再度追尋過去那份喜歡；與他相處時的悸動、明顯到不能忽視的動搖卻還是被略過，對他而言，我的喜歡始終都擺在另一處。

然而這並非事實。

我總是不能猜透孟喬安神情底下的心思，除了有所限度的試探以外什麼也不敢掀開，於是當他親口說出我的陪伴排解了他的無聊，我就這麼信了。

只是、這難道也不是事實嗎？

「我……」

我的聲音還盤旋在狹小的車內卻無法給出更多的延續，雙手不自覺緊緊抓住裙襬，視線膠著在車窗外再熟悉不過的街景。

不是街景。而是孟喬安。

「孟喬安……」

司機依然以慢得不可思議的速度讓車滑行在街道上，他在下一個路口俐落的迴轉，接著便安安靜靜跟隨著在雨中奔跑的身影。

孟喬安帶著傘卻沒有撐起，任憑自己被大雨無情的撲打，他一邊奔跑一邊探尋著什麼，儘管隔著一段距離卻依然能感受到他拖曳的濃重迫切。

他在找什麼？

「忘了告訴妳，我斟酌過後加進的內容裡，除了一些形容詞，似乎還說了妳下午曾經被送進醫務室。」

不是去過醫務室。而是被送進醫務室。

我的雙眼膠著在那道溢滿焦急的身影，濕透的身體讓他顯得狼狽不堪，在我的印象當中他一直都是清爽又優雅的模樣，我從來沒有想過狼狽這個詞彙有一天會被安放在他的身上。

他的急切是因我而來嗎？

「停車，請你停車，我要下去。」

「雨這麼大，就算撐傘也一定會被淋濕，好不容易這麼乾爽……」

「孟經理，請你讓我下車！」

司機終於停車，我急迫的推開車門，撐起傘快步往那道陷入雨中的身影跑去。越靠近，卻心痛。

「孟喬安、孟喬安！」

猛烈的雨勢吞噬掉我的喊叫，我只能拚命呼喊，幾乎要聲嘶力竭，手上的傘顯得累贅，沒有多想我就收起了傘，又逼著自己跑得更快一些。

「孟、喬、安——」

他猛然停下步伐，帶著濃重的喘息旋過身，雨水沾滿我的臉龐讓我難以睜開雙眼，儘管如此卻還是能看見他朝我前來的身影。

最後緊緊將我納進懷中。

「為什麼不撐傘？」

我以為這種時候會是整個故事最跌宕的瞬間，被拋出的台詞也應該充滿戲劇性，然而沒有，所有的戲劇性都濃縮在此刻的擁抱裡頭，我所能想到的，不過就是最不重要的一個問題。

沒有一件事能比這瞬間的擁抱更加重要。

「妳沒事就好。」

他說。

妳沒事就好。

除此之外他什麼也沒有探究，像是突然想起什麼一樣，慌亂的替我撐起傘，然而掩去雨之後，滴著水的狼狽反而更加鮮明。

他把傘都給了我，撐著傘的他反而站在雨裡承受著雨。

我往前踏了一步用力抱住他。

「一起撐吧，不然就一起淋雨吧。」

「筱恩……」

「孟喬安，我們回家吧。」

□

好好洗了場熱水澡，換上乾爽的家居服，最後捧著磨進薑泥的熱紅茶啜飲了幾口，進行了能驅趕寒意的所有彌補後，遲了一步的尷尬也跟著籠罩而來。

孟經理替我和他之間製造了最扣人心弦的戲劇性，卻沒有提點場景轉進下個分場後該如何起頭。

——人總是會憑主觀印象來判斷對方說的是不是實話，而不是試著尋找事實來驗證對方說的是不是實話，喬安是這樣，妳也是這樣。

……實話。

我攤放在孟喬安面前的，並不缺真心，卻少了一份坦率。

事到如今，把話說清楚也才能讓彼此往下走吧。

無論彼此的方向是否相同。

「孟喬安。」

「嗯。」

「你……」他幽靜的雙眼專注的凝望著我，彷彿我和他始終停留在最美好的曖昧中央，我的心底有些什麼悄然沉落，安靜而確實。「要再加點熱茶嗎？」

真沒用。

我捧緊馬克杯，又暗罵了自己幾次。

「這樣就夠了。」

「是嘛。」

「我差不多該走了。」

「但雨還沒停……」

「我有傘。」他似乎想扯開唇角中途卻又斂下，他深邃的眼眸也被垂落的睫毛掩去顏色，「我應該不太適合待在這裡太久。」

孟喬安從來就不會虛張聲勢，也不會以假動作來引誘他人，他才說完話便站起身，我無暇思考其他只能立刻放下馬克杯，從沙發跳起箭步擋住他的去路。

要真讓他走了，誰能保證我和他之間還會不會有下一次。

錯過。

是遺憾之中最遺憾的情節了。

「你為什麼要冒著雨找我？」

「我要走了，改天我會把衣服送還給妳。」

——真想得到答案的話，就連他的迴避也不能容許。

我想、從孟喬安手上拿到答案。

不是試探，也不是賭氣，而是坦率的交換彼此寫在答案紙上的回答。

「你為什麼要冒著雨找我？」

「筱恩……」

「不是很討厭下雨嗎？就算善心大發要來接我好了，撐著傘悠閒的走來就好了啊，為什麼要像瘋子一樣在那麼大的雨裡亂跑亂竄？」

「因為我是快要瘋了沒錯……」

他低聲喃唸了什麼但我卻聽不清楚。

「你說什麼？」

「不要再問了，我的回答不會是妳想要的答案。」

「你又知道我要什麼答案了？」

孟喬安有些痛苦的閉上眼，在我面前的他即使偶爾會展現脆弱卻也很快會被掩去，這是我第一次如此清晰的目睹他的痛苦，於是我的手不自覺便輕輕貼上他的右頰。

他的輕顫在我心底掀起一陣陣的漣漪。

「不要再對我這麼心軟了。」

心軟。

在他心中我對他的好都只是一種心軟嗎？

「為什麼？」

「妳不是說過，妳沒辦法同時周旋在兩份感情之間，那麼妳就應該把心力全都擺在那個人身上。」

「我是問，你為什麼會擔心我對你心軟？」他望向我，彷彿不自覺將唇抿得更緊了一些，「這樣你會很無聊不是嗎？就算我有些混亂也不是多要緊的事吧，你也沒打算破壞我的戀愛，況且這段時間你對我一直都很好……我仔細想過那天你說的話，覺得也滿有道理的，在我開始談戀愛之前，抽出一點時間來陪你也不是多困難的事——」

「不要再說了。」

「為什麼？」

我偏著頭納悶的盯著他瞧，拿出全部的理智之後忽然發現我對孟喬安造成的動搖遠遠超出我的預想，這會不會就是孟經理所說的證明呢？

孟喬安，因為我而動搖了嗎？

他重重的嘆了口氣，突然散發出一種濃密的無力感，有些哀傷的笑了出來。

「因為我沒辦法負荷這些，我以為我能，但我過度高估自己了。」

「孟喬安，你喜歡我嗎？」

他抬起漂亮的眼，深深的凝望著我。

沒有回答，卻彷彿已經把一切都說盡了。

我的心忍不住開始顫抖，不能，必須好好的確認，都已經走到這一步了。

「孟喬安，」我緩慢的喊著他的名字，「你、喜歡我嗎？」

「如果我說已經遠遠超出喜歡了呢？」

我垂落在身側的指尖正微微顫抖，遠遠超出喜歡，孟喬安的回答也遠遠超出我的想像，於是我勉強擠出的冷靜與理智一口氣被抽離，只能愣愣的望著他，彷彿他說了多麼令人難以理解的話語。

但孟喬安似乎照例往另一個方向解讀了。

「妳得到答案了，我可以離開了嗎？」

孟喬安側身從我右邊錯開，終於反應過來的我扭過身幾近粗暴的扯住他，迫使毫無預備的他失衡後狠狠撞上冷硬的白牆，但我無暇思考，只是一股腦的用雙手勉強將他箝制在牆邊。

這時候的我還不知道，我已經再度替自己刷下一道閃亮亮的黑歷史了。

「這是我家，我說讓你走了嗎？」

不作死就不會死。

但通常人在死前才會勉強意識到這一點，此刻我的體內簡直灌滿了霸氣，連腦袋都只剩下霸氣了。

「既然喜歡，不是更應該要留下來嗎？」

「筱恩……」

「很在意學長是嗎？你問了嗎？在意的話為什麼一個字都不吭？說話啊！」

「妳一直很喜歡他不是嗎？」

「一直？」我扯住他胸前的襯衫，語調大概拉高了八度，「你算過我們畢業多久了嗎？你知道我還談過其他戀愛嗎？我才沒那麼純情痴痴等待一個隨意揮霍我的喜歡的傢伙！而且，你是覺得我是那種可以一邊喜歡別人，另一邊又跟你把該做的事都做完的那種人嗎？」

「不然呢？」

如果時光能倒流我一定會嚴正警告自己一定要見好就收，現在的我大概已經處於有些囂張的異常狀態了，完全沒有察覺到孟喬安臉上神色的微妙流轉，至少幾分鐘前的惆悵和無力感早已消卻，更別說那隱約閃過的意味深長了。

有一種人，特別擅長挖坑給別人跳。

「當然是因為喜歡你啊！」

「不是因為覺得我一個人很寂寞才——」

「才什麼？」

「畢竟妳一直都很容易心軟——」

「孟喬安，你聽好，我是容易心軟，也容易被騙，但我從來就不會分不清楚什麼是喜歡一個人。」

然後，他忽然笑了。

非常美好並且耀眼的那種笑。

孟喬安猛然施力，兩個人的位置立刻一百八十度大更動，他輕輕鬆鬆的就將我鎖在胸前，方才那個壓抑至極、鬱鬱寡歡的男人換上一張截然不同的面容，眼底是藏匿不住的愉快以及、戲謔。

……戲謔？

「記得我說過，讓一個男人進屋就得做好心理準備嗎？」

「你、你剛剛不是說要回去了嗎？」

「不是妳拉住我嗎？」

「我不太記得剛才發生了什麼事，雨好像快停了，你快點——」

他右手一拉，下一秒我便猛力被他擁進懷中，他低頭將腦袋埋進我的肩膀，雙手又收得更緊了些。

隨之而來是長長久久的安靜。

或許，我和他都需要一份安靜來確認曖昧的終點。

「如果這是夢，我希望永遠都不要醒來。」

「孟喬安。」

「嗯？」

「你什麼時候喜歡上我的？」

「雨停之後，我再告訴妳吧。」

然後我們、再也不是一個人孤伶伶等著雨停。

00□ 起點

我的忐忑並沒有隨著飛機降落而跟著落地。

倚在牆邊我望著眼前高聳的大樓，從灼燙的午後猶疑到天色開始昏暗，我終於拿出口袋裡的手機，按下其實我早已熟記卻從來沒打過的號碼。

「喂？」

「我是孟喬安。」

「孟喬安？」

「我在妳的公司樓下，妳能下來一趟嗎？」

儘管她的聲音中透著濃濃的納悶卻還是應允我無理的要求，隔了那麼多年她卻彷彿沒有任何變化，她一直都是善良又心軟的人，即使因此吃了很多虧，卻仍舊會揚起笑樂觀的說「不能因為這個人不好就認為其他人也不好吧」，一如既往的笑著。

我不知道自己從什麼時候開始在意起她，等我察覺到這點時，在意早已溢出界線變成了具有重量感的喜歡，我的目光不自覺隨著她的一舉一動流轉，雙腳也不由自主的朝她走去，只是有一天我忽然發現，她的視線如同我緊追著她一般，也緊追著某個學長。

就這樣吧。

從小我就被反覆告誡，不屬於自己的一切都不要去奢想，於是我一再告訴自己後退，甚至萌生離開社團的心思；然而我的貪婪卻佔了上風，另一道聲音悄悄的對我說，待在一旁什麼都不做就好，能看著她就好。

於是時間便這麼滑過。

我不知道往後的她會不會在某一天忽然想起，有一個總是在她身旁安靜待著的男孩，她畫著圖的時候我一邊望著她的臉一邊描著字，十分鐘能完成的工作我卻蓄意放緩動作，她從來就不會埋怨，也不會拋下我獨自離開，同樣靜靜的陪在我身邊等著我將字描完。

真希望能長長久久的定格在那一點。

甚至我惡意的期盼，學長永遠不要回頭望向她，如此一來我就不需目睹她被另一個人牽起手的畫面；但我又不願看見她偶爾會浮現的落寞，更不想聽見她壓抑的哭泣。

於是有很長一段時間我都陷入這般的拉扯，連帶我也跟著越陷越深。

直到某天，她從另一端急切的跑來。

大概是太過著急想趕到目的地了，她跑著跑著居然摔倒在毫無阻礙的走廊上，我快步走去拉起了她，她的手好熱好燙，臉上有些狼狽又有些不好意思的表情讓我不禁揚起笑，違背了自己盡量拉開距離的告誡。

「痛嗎？」

「嗯。」

「急著去哪裡嗎？」

「我要去找學長。」

我的笑緩慢的斂下，但她或許沒有發覺，才一說完話就又轉身朝她的目的地奔去。

望著她的背影逐漸遠去，我想，關於一個不屬於自己的存在，最深切的烙印便是那抹毫不猶疑的背影也說不定。

於是我開始閃躲一切關於她的訊息，連社團活動也都推掉，直到畢業那天，我到底還是忍不住，想和她交換一個道別。

她只給我的道別。

「我要去英國念書了。」

「英國會是什麼樣的地方呢？我一直很想去貝克街的說。」

「回來之後，我再告訴妳吧。」

「嗯，我會期待那一天的。」

結果我還是避開了句點，明明是自己需要得不得了的句點，我只能吞嚥進沉默的苦澀，又深深記下了一次她的背影，然後想著，自己究竟需要多長的歲月才能消化這份不能遞送的喜歡。

我站直身子，目光膠著在眼前緩步朝我走來的女人，她成熟了許多，卻同樣能輕易牽動我的感情。

即使隔得那麼遠，又過了那麼多年，我始終沒能好好消化那一份喜歡，可我也明白自己不能永遠困在裡頭，於是我搭上了飛機，踏上許久未歸的台灣，也許默默見上她一面，消弭了屬於過去的影子之後我便能放下這一切，然後再也不回來這片土地。

而她在社團聚會確實也絲毫不在意我。

我感到有些好笑，明明是為了放下才來見她，一見面卻又湧生不該有的期盼，但現實仍舊是現實，果然，不屬於我的，其實期盼也終究只能是個奢望。

然而她卻走到我的面前。

提出一個無論如何我也預想不到的問號。

「你可以、親我臉頰一下嗎？」

「為什麼？」

「小雅說成功的話她會請我喝一個月的咖啡。」

應該答應她的，這不過是個遊戲。

但我不敢。

我怕自己稍微一靠近就會全盤失控，但我的理智卻控制不住自己的身體，我傾身湊近她的面前，最後一刻我卻硬生生拉住自己。

「我想還是不……」

「我不要。」

她愣住的表情我到現在依然鮮明的記著。

但戲只能繼續往下演。

「拜託，我會被嘲笑三年的……」

「真可憐。」

「對吧……」

「只是，妳會習慣的。」

「不然……你稍微露出一點為難的表情，再稍微流露一點猶豫的意思，反正結果都是拒絕嘛……」

「既然結果一樣，又何必拐那麼大的一個彎？」

「拜託……」

「我不要。」

「孟喬安——」

最後我不顧她可憐兮兮的表情硬逼著自己轉身，反覆提醒自己，你來見她是為了放下的，握緊雙拳一步一步踏離她在的地方。

然而我該知道自己繞不開的。

回英國的機票日期劃的是今天，但我的人卻站在這裡。

三天的劇烈拉扯之後，我第一次允許自己踩出界線，我想伸出手試著抓住這個女人。

在我面前停下的這個女人。

「……有什麼事嗎？」

我往前踩了一步，似乎是嚇到她了，但我依舊伸手抓住她的手腕，將她箝制在我的胸前。

必須用這種會混亂她理智的方式，才能不讓她察覺我內心的劇烈起伏，我的心跳幾乎失速，無論往後能得到如何的結果，我知道我絕不會後悔。

「你到底——」

我猛然壓低身體，沒有給她任何反應時間，我希望她記住我，從這一瞬間起牢牢記住我。

她掙脫後驚恐的往後跳了一大步。

「你到底想做什麼？」

我深深吸了口氣，輕輕挑起眉，擺出戲謔的表情卻難以藏匿我的不安。

而後我緩緩的遞出遲了那麼多年的回答：

「我是來給妳答案的。」

後記

「曖昧的盡頭究竟會抵達哪裡呢？」

「這種事不確認就沒辦法知道吧。」

故事的起點大概就是如此簡單的理由吧。

越是簡單的事越難辦到，時常我都會有這種念頭，放進感情裡頭更是，明明那麼簡單就能解決的問題，例如好好問出口就能得到答案，大多數的我們卻總是迂迂繞繞，最後說不定連能到的地方都抵達不了。

孟喬安和張筱恩都是。差一點就錯身成為彼此的遺憾。

即使是「自然而然」的那種相愛，也曾在某一瞬間兩人交換了「啊、我喜歡你而你也喜歡我啊」的心情，否則不能肯定前方的道路，無論是多麼堅定的人踏上，仍舊會有所動搖吧。

感情之外的一切都是。

我以為。世間最能摧毀一切的大概就是以「我以為」起始的念想吧。

或許大多數感情的開端都是一份以為，但所有感情的延續都需要一個確認。

我們、是一起往前走的。

Sophia

「我」，還是「我們」？

Ambiguous Love

Sophia
作品集 09

國家圖書館出版品預行編目資料
「我」，還是「我們」？／Sophia 著．
— 初版. — 臺北市：春天出版國際, 2017.04
面；公分. —（Sophia作品集；09）
ISBN 978-986-94652-9-8（平裝）
857.7　　　　106005215

ISBN 978-986-94652-9-8
Printed in Taiwan

作　者	Sophia
封面設計	克里斯
內頁編排	三石設計
總編輯	莊宜勳
企劃主編	鍾靈
責任編輯	黃郁潔、牛世竣
出版者	春天出版國際文化有限公司
地　址	台北市信義區信義路四段458號3樓
電　話	02-7718-0898
傳　真	02-7718-2388
E－mail	frank.spring@msa.hinet.net
網　址	http://www.bookspring.com.tw
部落格	http://blog.pixnet.net/bookspring
郵政帳號	19705538
戶　名	春天出版國際文化有限公司
法律顧問	蕭顯忠律師事務所
出版日期	二〇一七年四月初版
	二〇二〇年五月初版十九刷
定　價	180元
總經銷	楨德圖書事業有限公司
地　址	新北市新店區中興路二段196號8樓
電　話	02-8919-3186
傳　真	02-8914-5524